Fabian Höchst

Das Rätselbuch des Graf Dracula

Knackt den Code und entkommt dem Fürsten der Finsternis

NUCLEO

Edition 3.0A

Autor:
Fabian Höchst

Verlag:
Nucleo – ein Label der

my dna media GmbH
Ohmstr. 53

60486 Frankfurt am Main

ISBN:
978-3-98561-052-5

Prolog

Das Schicksal hat die Familie der van Helsings stark gezeichnet. Nach dem Abschluss in Medizinwissenschaften konntet Ihr Eurer Berufung nicht nachgehen. Lange Zeit pflegtet Ihr Euren schwer an Schwindsucht erkrankten Vater. Sein Ableben nach langer Leidenszeit ließ Euch ruhelos zurück.

Durch Unglück gestraft, wurde dann auch noch Euer kleiner Sohn von der Krankheit heimgesucht. Verzweifelt auf der Suche nach einem Medikament, hörtet Ihr von einem wundersamen Extrakt eines gewissen Robert Kochs. Doch würde der Extrakt ein Vermögen kosten und all Eure Ersparnisse sind schon längst aufgebraucht ...

Nun ist es ein verregneter Tag gegen Ende des 19. Jahrhunderts in Amsterdam. Eure Frau überbringt Euch einen Brief, den ein Fremder ihr soeben übergeben hat. Sogleich öffnet Ihr den Brief und lest ihn Euch durch: Ein Graf aus dem fernen Siebenbürgen erbittet Euren Rat und verspricht eine fürstliche Belohnung.

Scheint nach der langen dunklen Zeit endlich das Glück in Euer Leben zurückzukehren?

Spielregeln

Ihr werdet auf den folgenden Seiten durch die Rätselwelt des Graf Dracula geführt. Jedes gelöste Rätsel bringt Euch dem Geheimnis näher und fünf Münzen ein. Legt Euch am besten einen Stift und einige Bogen Papier bereit, um Eure Gedanken besser ordnen zu können.

Solltet Ihr bei einem Rätsel Hilfe benötigen, stehen Euch drei Hinweise zur Verfügung. Jeder Hinweis kostet Euch eine Münze, die von den zu gewinnenden fünf Münzen abgezogen wird.

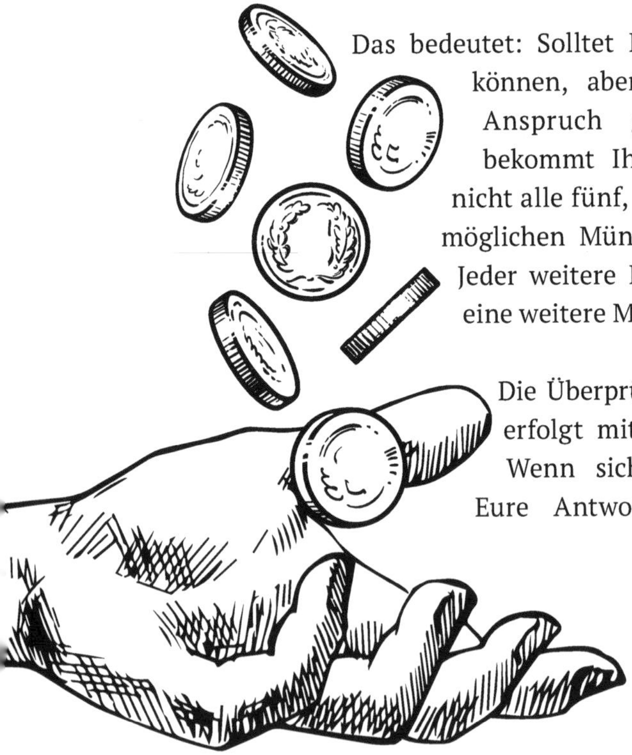

Das bedeutet: Solltet Ihr ein Rätsel lösen können, aber einen Hinweis in Anspruch genommen haben, bekommt Ihr für dieses Rätsel nicht alle fünf, sondern nur vier der möglichen Münzen gutgeschrieben. Jeder weitere Hinweis kostet Euch eine weitere Münze.

Die Überprüfung Eurer Antwort erfolgt mit dem Code-Schloss. Wenn sich herausstellt, dass Eure Antwort falsch ist, ver-

liert Ihr eine der möglichen Münzen und könnt Euch dem Rätsel erneut stellen. Zwei falsche Antworten pro Rätsel dürft Ihr Euch leisten. Bei drei Fehlern gilt das Rätsel als nicht gelöst und Ihr erhaltet dafür null Münzen.

Solltet Ihr beim Versuch des Lösens alle fünf möglichen Münzen aufbrauchen, so bleiben keine mehr übrig und Ihr müsst ohne erhaltene Münzen weiterziehen.

Wenn Ihr auf der Lösungsseite feststellt, dass Eure Antwort falsch ist, erhaltet Ihr ebenfalls keine Münzen.

Die Summe der am Ende gesammelten Münzen zeigt Euren Rang an. Je mehr Münzen Ihr sammelt, desto höher wird Eure Belohnung ausfallen. Wenn Ihr der Aufgabe gewachsen seid, könnt Ihr nun beginnen. Viel Erfolg!

Gruppen-Rätsel

Ihr könnt das Rätselbuch des Graf Dracula auch gemeinsam mit mehreren Personen lösen. Die Spielregeln bleiben dabei dieselben.

So nutzt Ihr das Buch

Die Kapitel sind in zwei Blöcke aufgeteilt:
Rätsel und Hinweise mit Lösungen.
Startet auf Seite 9 mit dem ersten Rätsel.

Mit dem Code-Schloss könnt Ihr Eure Antwort überprüfen (siehe nächste Seite).

Lest Euch die Aufgaben aufmerksam durch. Ihr erhaltet alle nötigen Instruktionen.

Solltet Ihr Hilfe bei einem Rätsel benötigen, blättert auf die Hinweisseite.

Auf der Hinweisseite erhaltet Ihr bis zu drei Hinweise.

Nutzt diese einzeln nacheinander. Für jeden genutzten Hinweis wird Euch eine Münze von den möglichen Gewinnmünzen abgezogen.

Um mit einem Rätsel fortzufahren, blättert auf die angegebene Rätselseite zurück.

Das Code-Schloss

Zur Überprüfung Eurer Antwort auf ein Rätsel könnt Ihr das Code-Schloss nutzen. Die Angaben mit dem Finger-Symbol sind die Antworten, die Ihr mit dem Schloss abgleicht. Blättert auf die entsprechende Buchseite, die zu Eurer Antwort aufgeführt wird.

Sucht auf der Seite nach dem geöffneten Schloss-Symbol.

Ist Eure Antwort korrekt, könnt Ihr direkt zur Lösungsseite blättern und mit der Geschichte fortfahren.

Ist Eure Antwort falsch, könnt Ihr einen weiteren Rätselversuch wagen (mit jeder falschen Antwort verliert Ihr eine Münze).

Ist Eure Antwort auch beim dritten Lösungsversuch nicht korrekt, gilt das Rätsel als nicht geschafft und Ihr erhaltet null Münzen. Um die richtige Lösung zu sehen, blättert zur Folgeseite der jeweiligen Hinweise.

Bei manchen Rätseln wird Euch eine sogenannte »Alles-oder-Nichts«-Frage gestellt. Sie ist mit einem Stern markiert (★). Hier habt Ihr nur einen Lösungsversuch. Liegt Ihr falsch, erhaltet Ihr keine Münzen.

Die Lösungen

Wenn Ihr das Rätsel richtig gelöst habt, führt Euch das Code-Schloss auf die Lösungsseite.

Für jedes Rätsel notiert Ihr Euch Eure erspielten Münzen.

Solltet Ihr einmal nicht auf die richtige Antwort kommen oder alle Hinweise aufgebraucht haben, könnt Ihr die Lösung auf der Folgeseite zu den jeweiligen Hinweisen finden. In diesem Fall gilt das Rätsel als nicht bestanden und Ihr notiert Euch null erspielte Münzen im Kreis.

Kapitel I

Das Land jenseits der Wälder

I. Die Einladung des Grafen

Ihr haltet das Schreiben noch immer in Euren Händen und lest es noch einmal Wort für Wort durch – ungläubig über die Kehrtwende des Schicksals.

Seid gegrüßt, mein werter Herr van Helsing,

erlaubt mir, mich kurz vorzustellen. Mein Name ist Graf Dracula und ich bin der Besitzer einiger Ländereien in Siebenbürgen, das Euch vielleicht besser als Transsilvanien bekannt ist. Ich wende mich an Euch, da ich Euren Rat für ein Forschungsprojekt erbitte.

Ich würde mich sehr freuen, wenn wir uns persönlich bei einem Bankett treffen könnten, bei dem auch weitere Gäste anwesend sein werden. Dort könnten wir gemeinsam die Details besprechen und ich würde Eure Mühen großzügig belohnen. Auf diese Weise müsstet Ihr Euch nie wieder Sorgen um finanzielle Angelegenheiten machen.

Ich hoffe sehr, dass Ihr meine Einladung annehmen werdet, und freue mich auf eine baldige Zusammenarbeit.

Hochachtungsvoll

Graf Dracula

Ihr habt von diesem Grafen noch nie etwas gehört, doch scheint es ihm sehr ernst zu sein. Dem Schreiben liegen ein paar Taler für die Unannehmlichkeiten und Reisekosten sowie eine Einladungskarte bei.

falsche Antwort

Ihr schaut in die Augen Eurer Frau und erkennt, dass ihr beide dasselbe denkt. Natürlich werdet Ihr die Einladung annehmen und den weiten Weg nach Siebenbürgen auf Euch nehmen. Auch wenn es nur ein schwindend kleiner Hoffnungsschimmer ist, krallt Ihr Euch daran fest. Schließlich ist es die einzige Möglichkeit, an Geld für das Heilmittel Eures Sohnes zu gelangen.

Doch Moment. Ihr betrachtet die Einladungskarte. Ein Datum könnt Ihr nicht erkennen.

Schaut Euch die Einladungskarte genau an. An welchem Kalenderdatum findet das Bankett statt? Schreibt das Datum in die Felder. Den Monat verwendet Ihr für das Code-Schloss.

____ ____________

Tag **Monat**

Hinweise auf Seite 31

Antwort	Seite
Januar	94
Februar	98
März	102
April	104
Mai	108
Juni	114
Juli	117
August	119
September	123
Oktober	127
November	129
Dezember	133

2. Die Reise quer durch Europa

Einige Wochen später startet Eure Reise mit wenig Gepäck nach Siebenbürgen, einem Landstreifen zwischen Ungarn und dem Schwarzen Meer. Die Zugfahrt wird mehrere Tage dauern. Mit der Nord-Süd-Verbindung werdet Ihr von Amsterdam durch das deutsche Kaiserreich bis nach Wien fahren. Dort wird der Zug geteilt und Ihr könnt weiter bis nach Bistritz fahren. Die letzte Etappe werdet Ihr mit der Kutsche zurücklegen müssen.

Auf der langen Fahrt macht Ihr es Euch in Eurem Abteil bequem. Der Graf hat sämtliche Vorkehrungen getroffen, sodass es Euch an nichts mangelt.

Kurz nachdem Ihr Wien verlassen habt, schaut Ihr aus dem Fenster. Die Sonne lässt die immer kleiner werdenden Dächer der Stadt majestätisch erstrahlen. Mit dem Anblick kommt ein Hungergefühl in Euch auf, sodass Ihr Euch auf den Weg zum Speisewagen macht. Im Flur fallen Euch zwei Herren auf, die sich offenbar streiten. Einer der Zankäpfel wird auf Euch aufmerksam und tritt an Euch heran.

»Monsieur«, sagt der eine Fahrgast mit französischem Akzent zu Euch. »Vielleicht könnt Ihr uns helfen. Der *Compagnon* behauptet, dieselbe Abteilnummer zu haben wie ich. Ich aber sage, er irrt sich.«

falsche Antwort

Die andere Person tritt mürrisch bei und zeigt seinen Fahrschein mit der Abteilnummer. »Ganz sicher nicht. Hier steht, dass dieses Abteil für mich reserviert ist.«

Ihr blickt auf den Fahrschein und müsst schmunzeln. Offenbar hat sich jemand einen Scherz erlaubt.

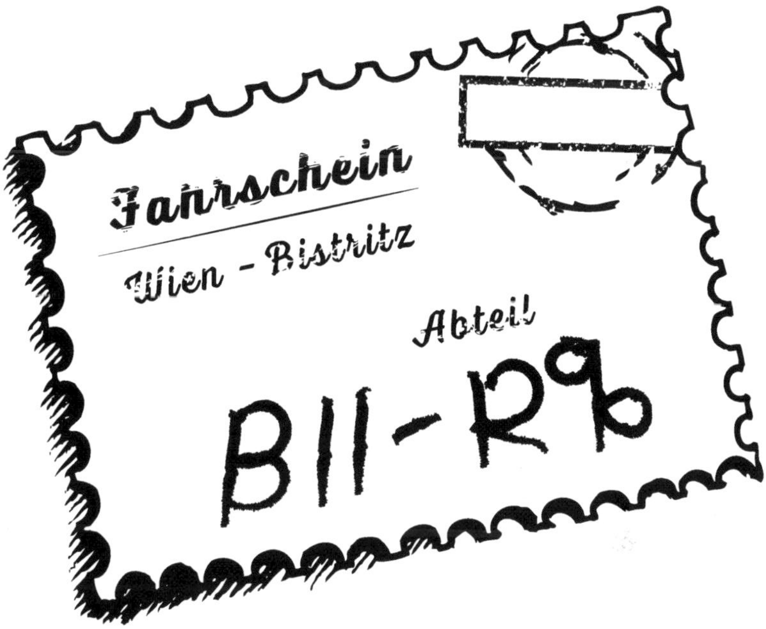

Welche Abteilnummer gehört der mürrischen Person? Schreibt die Nummer in das Feld.

Hinweise auf Seite 33

Antwort	1	2	3	4	5	6	7	8	9	10	11	12	13	14	15	16	17	18	19	20
Seite	80	82	88	90	96	102	108	114	116	118	122	126	128	136	140	144	146	152	158	164

3. Ein unerwarteter Halt

Die Person mit dem französischen Akzent bedankt sich bei Euch, nicht ohne vorher nach Eurem Namen zu fragen. Nach dem Vorfall verläuft die Reise zunächst ohne größere Unannehmlichkeiten. Ihr lernt die Vorteile Eures privaten Abteils zu schätzen.

In der Nacht, in der Ihr die Grenze zu Siebenbürgen passiert, stoppt der Zug plötzlich. Das Quietschen der Räder weckt Euch aus dem Schlaf. Ihr blickt kurz durch die Jalousie. Draußen herrscht noch tiefste Dunkelheit. Auf dem Flur hört Ihr mehrere Stimmen und lautes Gepolter. Schnell schlüpft Ihr in Eure Abendgarderobe und streckt Euren Kopf in den Gang.

Ihr seht einige Personen, die vom Lokführer im Zaum gehalten werden. Dieser scheint überfordert zu sein. Hilfsbereit wie Ihr seid, geht Ihr auf die Gruppe zu.

Der Lokführer sieht Euch herbeieilen und scheint froh über die Unterstützung zu sein. »Mein Herr, danke, dass Ihr kommt. Soeben wurde uns ein Diebstahl hier im Zug gemeldet. Ein Kurier ist bereits auf dem Weg zur Polizei. Es wird aber wohl bis zum Morgen dauern, bis sie eintrifft.«

Ihr fragt den Lokführer, ob Ihr helfen könnt. Dieser ist über Euer Angebot sehr erfreut, schließlich sollte der Sachverhalt schnellstmöglich aufgeklärt werden, um die Weiterfahrt nicht bis zum nächsten Morgen hinauszögern zu müssen.

Ihr erfahrt, dass es fünf verdächtige Personen gibt. Sie alle werden in den Speisewagen – der zu dieser Uhrzeit ohnehin nicht genutzt wird – geführt. Gemeinsam mit Ihnen setzt Ihr Euch an einen Tisch. Nacheinander geben die Verdächtigen folgende Aussagen von sich.

Herr Mayer: »Ich bin es nicht gewesen.«

Herr Wagner: »Herr Mayer sagt die Wahrheit.«

Herr Fischer: »Ich war es nicht. Ich habe fest geschlafen.«

Herr Pichler: »Herr Gruber sagt nicht die Wahrheit.«

Herr Gruber: »Ich habe ein seltsames Geräusch gehört und bin deswegen auf den Flur gegangen.«

Der Lokführer schaut Euch an. »Das hilft uns leider nicht. Wir müssen wohl doch bis zum nächsten Morgen auf die Polizei warten.«

Ihr winkt ab. Einer der Verdächtigen hat eine verräterische Aussage gemacht.

Wer ist am verdächtigsten? Schreibt den Namen der Person in das Feld.

☞ ______________________

Hinweise auf Seite 35

Antwort	Mayer	Wagner	Fischer	Pichler	Gruber
Seite	40	70	90	110	144

4. Die Straßen der Stadt

Kaum auf seinen Fehler hingewiesen, gesteht Herr Pichler seine Straftat ein und stellt sich als Dieb. Es wird ein Zugbediensteter angefordert. Dieser und der geknebelte Dieb verlassen den Zug und werden zurückbleiben, bis die Polizei am nächsten Morgen eintrifft. Der Zug fährt unterdessen weiter, um keine weiteren Verzögerungen zu verursachen. Nach dem Trubel in der Nacht gelingt es Euch, noch für einige Momente Schlaf zu finden.

Am frühen Mittag erreicht der Zug Bistritz. Eure Fahrt endet hier. Gegen Nachmittag soll Euch eine Kutsche zum Sitz des Grafen bringen. Da bis dahin noch ein wenig Zeit ist, schaut Ihr Euch in den Gassen von Bistritz um. Auf Eurem Spazierweg entdeckt Ihr eine alte Frau. Die Frau schaut auf eine Karte und scheint heillos überfordert zu sein. Ihr geht auf sie zu und bietet Eure Hilfe an.

»Sehr freundlich, junger Herr«, bedankt sich die alte Frau. »Schaut hier. Das ist eine Karte unseres Stadtgebiets. In der Nacht lungern hier viele düstere Gestalten herum, daher will ich einige Laternen aufhängen. Ich fühle mich jedoch zu schwach, um an jeder Straße, Gabelung und Kreuzung eine Laterne anbringen zu können. Könnt Ihr mir sagen, wie viele Laternen mindestens notwendig sind und wo ich sie anbringen soll, damit alle Straßen ausgeleuchtet sind? Ich benutze gutes Öl und einen dicken Docht. Das Licht jeder Laterne ist stark und leuchtet jede gerade Wegstrecke aus, egal, wie lang sie ist.«

richtige Antwort – blättert auf Seite 172 und notiert Euch die erspielten Münzen.

Was ist die kleinstmögliche Anzahl an Laternen, die die Frau benötigt? Schreibt die Anzahl in das Feld und markiert die Positionen der Laternen auf der Karte mit einem X.

Hinweise auf Seite 37

Antwort	1	2	3	4	5	6	7	8	9	10	11	12
Seite	173	167	165	157	152	146	144	136	133	129	119	117

5. Der Kutscher wartet

Die Dame bedankt sich und fragt, wohin Ihr möchtet. Als Ihr von Eurem Reiseziel erzählt, winkt die Dame plötzlich ab. Sie murmelt etwas Unverständliches, drückt Euch einen Rosenkranz in die Hand und kreuzt sich. Ehe Ihr die Situation versteht, ist die Dame verschwunden. Ihr seid verwundert.

Auf dem Rückweg zum Bahnhofsvorplatz legt Ihr den Rosenkranz an einer kleinen Kapelle ab.

Es ist inzwischen Nachmittag geworden. Auf dem Vorplatz erkennt Ihr zahlreiche Kutschen. Noch ehe Ihr Euch weiter umschauen könnt, tritt eine Person an Euch heran.

falsche Antwort

»Herr van Helsing?«, fragt die Person und Ihr nickt. Der Mann stellt sich als Euer Kutscher vor. »Der Graf erwartet Euch bereits.«

Ihr begleitet den Kutscher einige Meter bis zu seinem Gefährt, doch bittet er Euch, noch nicht einzusteigen. Stattdessen reicht der Kutscher Euch einen Zettel mit einer Bitte. »Der Graf möchte, dass nur die gelehrtesten Menschen seine Burg betreten. Er fordert Euch daher auf, diese Aufgabe zu lösen. Nachfolgend findet Ihr eine Karte der hiesigen Ländereien. Die Kreise repräsentieren Orte – kleine Dörfer sowie die Burg des Grafen. Die Straßen werden durch Linien dargestellt. Unsere Kutsche befindet sich an dem mit dem Stern markierten Ort. Eure Aufgabe ist es, einen Weg zu finden, bei dem wir durch alle Orte kommen, aber nie einen Ort mehrmals durchqueren. Die Orte E und L sind nicht unser Ziel. Der letzte Ort, den wir erreichen, ist unser Ziel. Ich halte es für unmöglich.«

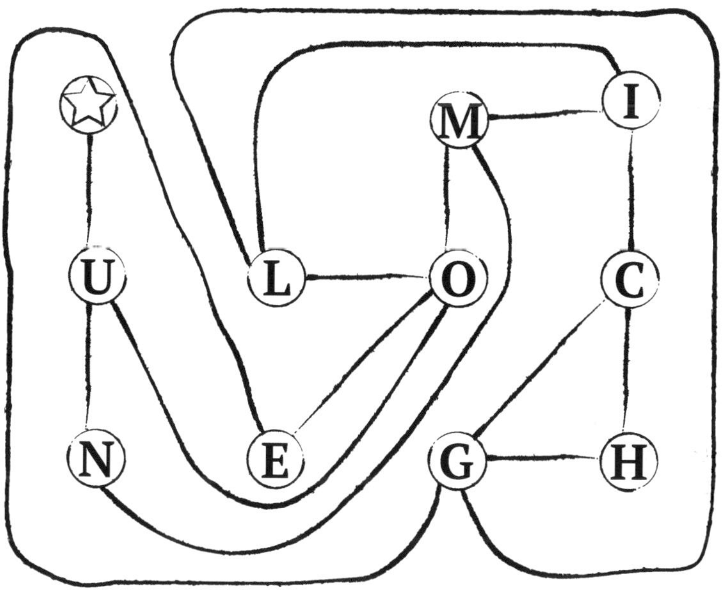

Zeichnet den Weg in die Karte ein. Den Buchstaben des Zielortes benutzt Ihr für das Code-Schloss.

Hinweise auf Seite 39

Antwort	C	E	G	H	I	L	M	N	O	U
Seite	64	12	76	26	82	30	94	44	102	58

Kurze Unterbrechung

Nachdem Ihr dem Kutscher gesagt habt, welcher Ort Euer Ziel und somit das Anwesen des Grafen sein muss, lässt er Euch gewähren und Ihr steigt in die Kutsche ein.

Ihr seid allein in der Kutsche. Auf dem Sitz findet Ihr einen Zettel.

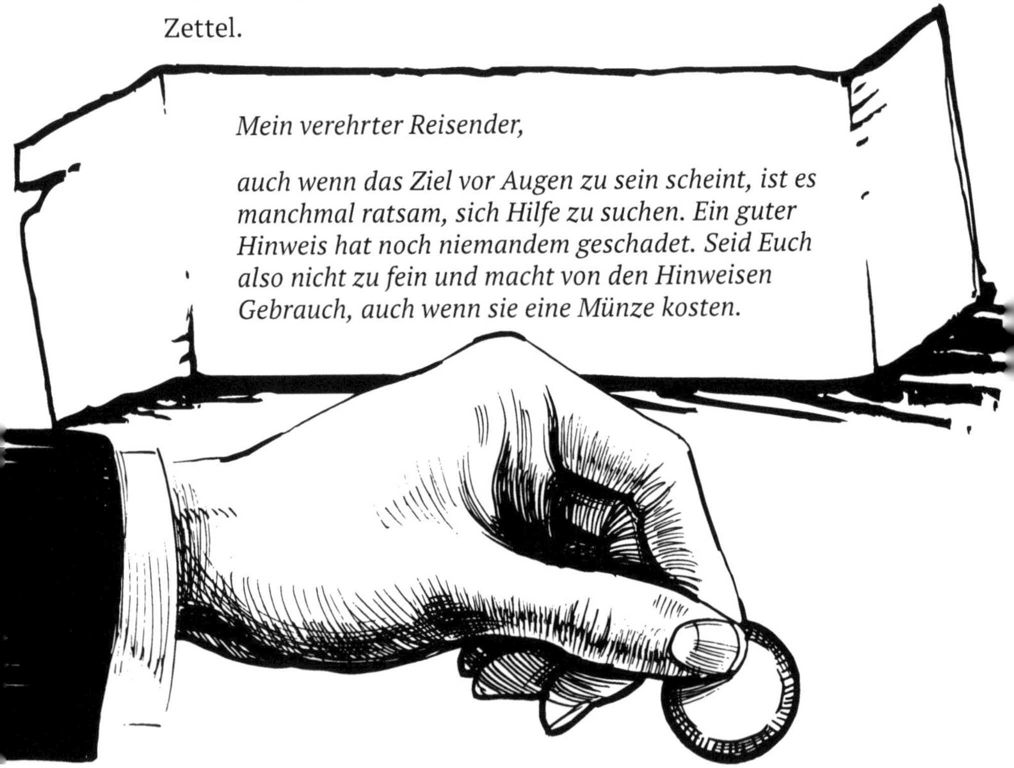

Die Nachricht lässt Euch kurz innehalten. Wer sie wohl verfasst hat? Vielleicht ist es wirklich eine gute Idee, ab und an Hinweise zu nutzen, wenn Ihr mal nicht weiterwisst.

6. Das Geheimfach

Die Kutsche setzt sich in Bewegung. Die Burg des Grafen ist ein gutes Stück von der Stadt entfernt. Je weiter Ihr Euch von Bistritz entfernt, desto mehr weicht die angenehme Sonne dunklen Wolken. Es braut sich etwas zusammen. Nicht lange und Ihr hört, wie dicke Regentropfen auf das Dach der Kutsche fallen. Wie froh Ihr seid, im Trockenen zu sitzen. Da Euch das Wetter verstimmt, schaut Ihr nicht länger aus dem Fenster.

Da bemerkt Ihr an der Rückwand auf dem Sitz Euch gegenüber seltsame Verzierungen und darunter Einkerbungen mit allen Buchstaben des Alphabets. Ihr klopft auf die Rückwand. Das Holz hört sich sehr hohl an. Es scheint fast, als würde es ein Geheimfach beherbergen. Irgendwie scheinen die seltsamen Verzierungen eine Gemeinsamkeit zu haben. Jetzt ist Eure Neugierde geweckt und Ihr wollt das Geheimnis lösen.

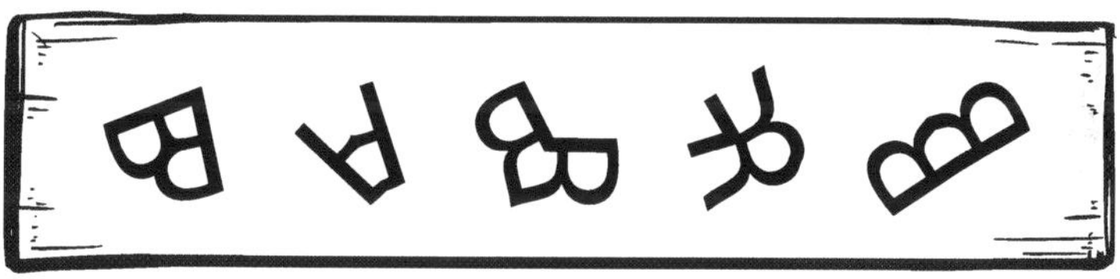

Welcher Buchstabe hat eine Verbindung zu allen fünf Verzierungen? Notiert ihn im Feld.

Hinweise auf Seite 41

Antwort	A	B	C	D	E	F	G	H	I	J	K	L	M	N	O	P	Q	R	S	T	U	V	W	X	Y	Z
Seite	172	12	133	45	146	22	98	64	89	158	31	114	36	81	94	49	122	83	81	14	102	52	164	45	144	70

7. Der verirrte Kutscher

Ihr knackt den Code und öffnet eine Leiste. Es handelt sich tatsächlich um ein Geheimfach. Ihr greift hinein und zieht einen kleinen Gegenstand und einen Zettel hervor.

Auf dem Zettel steht:

Dieser Talisman, ein kleines Stück Stein,
kann ein Schlüssel zum Herzen sein.
Er schenkt Euch Mut und Hoffnung im Angesicht der Nacht,
und beschützt Euch vor den Schrecken,
die dort lauern mit Macht.

Welch sonderbare Nachricht. Ihr schaut den Gegenstand genauer an. Es ist die Hälfte eines Herzens, das wie ein Zacken an einem Schlüssel befestigt ist. Ihr beschließt den Talisman einzustecken, um den Grafen später zu fragen, ob er Kenntnis von dem Geheimfach hatte.

Mit einem lauten Wiehern der Pferde kommt die Kutsche plötzlich zum Halt. Ihr hört, wie der Kutscher vom Bock springt und seine Schuhe im Schlamm schlotzen. Irgendetwas scheint passiert zu sein. Ihr öffnet die Tür und streckt den Kopf heraus, da kommt auch schon der Kutscher auf Euch zu: »Mein Herr, ein großes Unglück! Der Pfahl mit den Schildern ist umgefallen und nun weiß ich nicht, welchen Weg ich einschlagen soll, um zur Burg zu gelangen.«

falsche Antwort

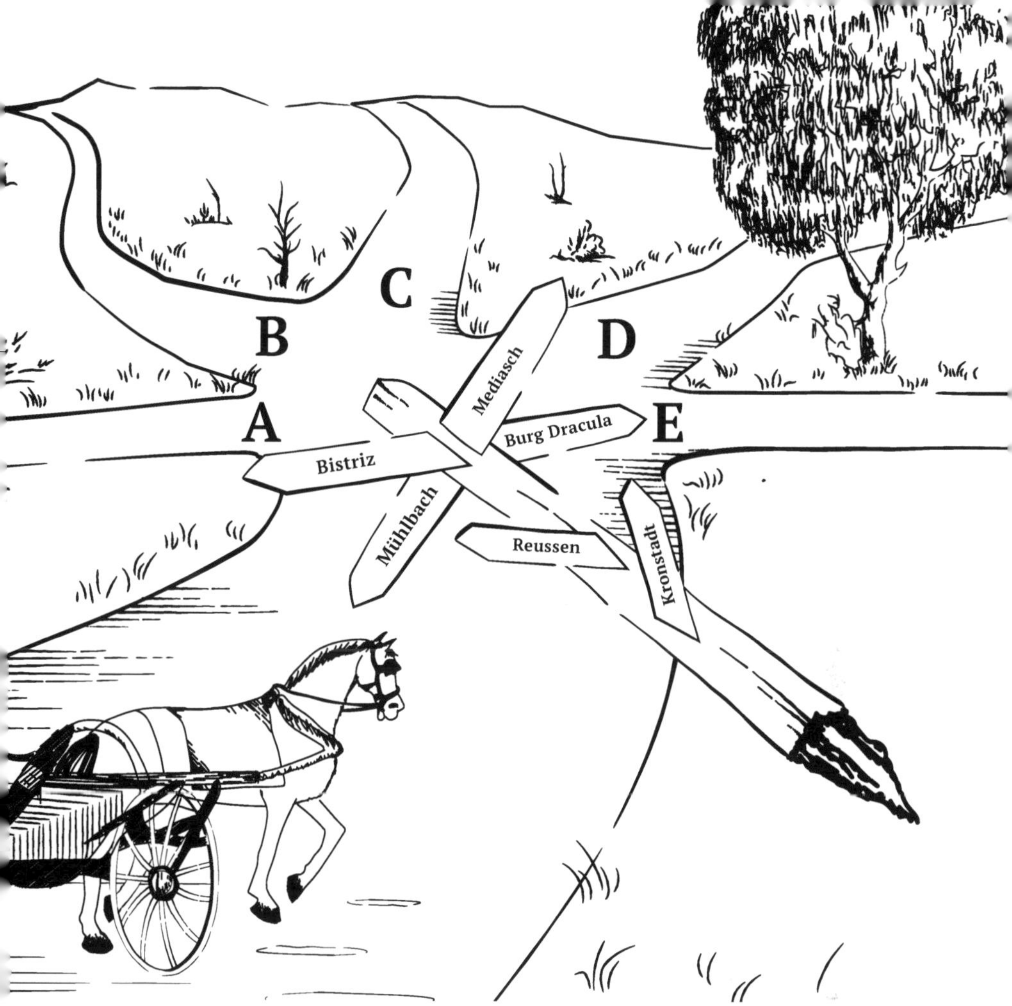

Nun steigt auch Ihr aus der Kutsche. Der Regen peitscht Euch ins Gesicht. Ihr blickt auf eine verzwickte Gabelung. In der Mitte liegt das umgefallene Schild.

Welcher Weg führt Euch zur Burg? Schreibt den Buchstaben in das Feld.

Hinweise auf Seite 43

Antwort	A	B	C	D	E
Seite	116	126	132	142	158

8. Die Koffer-Knobelei

Durchnässt kehrt Ihr in die Kutsche zurück. Ihr fühlt Euch klamm und unwohl in Eurer durchtränkten Kleidung, während Ihr darauf wartet, dass die Kutsche weiterfährt. Euer Blick fällt auf die Büsche auf der gegenüberliegenden Straßenseite. Ihr habt das Gefühl, beobachtet zu werden. Könnte es ein Tier sein? Oder vielleicht ein Fremder, der Euch ausspioniert? Ihr schüttelt den Kopf, um diese Gedanken zu vertreiben. Es ist nur ein Hirngespinst, das durch den Regen und den Schatten der Wolken hervorgerufen wurde.

Während Ihr noch darüber nachdenkt, hat sich die Kutsche bereits in Bewegung gesetzt und die Landschaft zieht an Euch vorbei. Ihr blickt auf die Umrisse der Bäume und Hügel und versucht, Euch auf die bevorstehende Begegnung mit dem Grafen zu konzentrieren. Eure Kleidung ist durchtränkt und so wollt Ihr dem Grafen nicht gegenübertreten.

Zum Glück habt Ihr einen Ersatzanzug in Eurem Koffer, den Eure Frau gepackt hat. Doch was ist das? Der Koffer lässt sich nicht mit dem Euch bekannten Code öffnen. Offenbar hat Eure Frau einen neuen Code eingestellt. Auf einem Anhänger findet Ihr eine seltsame Rechnung.

Welche Zahl ist gesucht?
Schreibt sie in das Feld.

Hinweise auf Seite 45

Antwort	0	1	2	3	4	5	6	7	8	9	10	11	12	13	14	15	16	17	18	19
Seite	58	60	62	64	70	73	75	77	80	82	89	94	96	102	104	108	114	116	118	122

9. Der ertragreiche Burggraben

Mit einem Klick öffnet sich das Schloss. Eure Frau weiß einfach, wie sie Euch mit einer Knobelaufgabe glücklich machen kann …

Der Anzug, den Ihr aus dem Koffer nehmt, duftet frisch nach Lavendel. Eure Frau schwört darauf, ein paar Blüten davon in den Waschbottich zu geben, um Eure Kleidung zu erfrischen und den angenehmen Duft zu verstärken. Ihr riecht noch einmal daran und fühlt Euch sofort in ihre Gegenwart zurückversetzt. Der Duft erinnert Euch an gemeinsame Stunden und lässt Eure Vorfreude auf das Wiedersehen steigen.

richtige Antwort – blättert auf Seite 40 und notiert Euch die erspielten Münzen.

Einige Zeit später kommt die Kutsche zum Stillstand und die Tür öffnet sich. Der Kammerdiener des Grafen stellt sich vor und begrüßt Euch höflich. Ihr tretet hinaus und bemerkt, dass alle Wolken gewichen sind und sich ein majestätisches Abendrot über die Landschaft gelegt hat. Es ist ein atemberaubender Anblick und Ihr spürt, wie Eure Stimmung sich hebt.

Während der Diener Euch in die Burg führt, kommt Ihr nicht umhin, die Schönheit der Umgebung zu bewundern. Der Burggraben ist von einer Vielzahl an Sträuchern und Bäumen umgeben.

Der Diener erklärt dazu: »Wie ich merke, sind Euch unsere botanischen Gewächse ins Auge gefallen. Ihr müsst wissen, der Graf lässt die Gärten mit größter Sorgfalt pflegen. Dieses Jahr hatten wir besonders ertragreiche, knallrote Preiselbeeren. Zehn Pflanzen brachten in zehn Tagen 20 Früchte hervor. Ihr könnt Euch ja denken, wie viele Johannisbeeren diese Pflanzen dann in 29 Tagen hervorbrachten.«

Wie viele Johannisbeeren brachten die Pflanzen nach den Worten des Dieners hervor? Schreibt die Zahl in das Feld.

Hinweise auf Seite 47

Antwort	Seite
0–5	42
6–10	44
11–15	48
16–20	52
21–25	56
26–30	60
31–35	64
36–40	70
41–45	75
46–50	77
51–55	81
56–60	88
über 60	94

10. Der Schreck im Empfangszimmer

»Verzeiht, falls mein kleines Verwirrspiel Euch irritiert hat«, entschuldigt sich der Diener. »Der Graf hat mich gelehrt, manches in Rätseln zu umschreiben.«

Natürlich seid Ihr dem Diener nicht böse. Eine spannende Kopfnuss hat Euch noch nie aus dem Konzept gebracht. Gemeinsam betretet Ihr das Foyer, wo zahlreiche Kerzen und Öllaternen den Raum erstrahlen lassen.

Der Diener nimmt Euch den Mantel ab und verkündet: »Die anderen Gäste sind bereits eingetroffen und befinden sich im Empfangszimmer. Ich führe Euch gerne zu Ihnen.«

Plötzlich hört Ihr einen dumpfen Schlag und einen lauten, schrillen Schrei.

»Schnell, ins Empfangszimmer!«, ruft der Diener und versucht, die große Eingangstür zu öffnen, doch sie lässt sich nicht bewegen. Etwas blockiert sie von der anderen Seite.

Zum Glück gibt es noch einen weiteren Zugang, eine alte Holztür. Doch leider ist sie verschlossen. Immerhin kann der Diener mit Schlüsseln helfen, aber vor lauter Aufregung weiß er nicht, welchen Schlüssel er benutzen soll. Er sagt Euch nur, dass der Schlüssel ganz im Schloss stecken muss, um es zu öffnen und zeigt auf das Schlüsselloch.

richtige Antwort – blättert auf Seite 16 und notiert Euch die erspielten Münzen.

Welcher Schlüssel öffnet das Schloss? Schreibt den Buchstaben ins Feld.

Hinweise auf Seite 49

Antwort	A	B	C	D	E	F
Seite	60	56	44	34	22	14

Abschluss Kapitel I

Mit einem Knarren öffnet sich die Tür und Ihr seht in den Empfangsraum. Vor der großen Eingangstür liegt eine schwere Marmorbüste, die offenbar den Weg versperrt hat.

»Meine Damen, meine Herren, ist jemand verletzt?«, fragt der Diener besorgt.

Ein Gentleman mit Schnauzer tritt aus der Gruppe hervor und antwortet: »Nein, alle sind wohlauf. Frau von Aarenberg hat sich lediglich erschrocken, als diese Büste dort wie von Geisterhand umgefallen ist. Der Boden scheint sehr uneben zu sein.«

Ihr blickt in die Runde der Gesellschaft. Eine Person sticht Euch sofort ins Auge ...

Zwischenstopp

Ihr habt Kapitel I abgeschlossen. Jetzt wäre der ideale Zeitpunkt, die bisher verdienten Münzen (Seite 32 bis 50) zusammenzuzählen. Das erleichtert später die Auswertung.

Notiert sie Euch hier im Feld und fahrt anschließend mit der Geschichte auf Seite 51 fort.

falsche Antwort

Hinweise

I. Die Einladung des Grafen

1

Das Datum versteckt sich nicht im Text oder in den Zeichnungen auf der Einladung.

2

Sind Euch schon die seltsamen Ausstanzungen an der Ober- und Unterseite der Einladung aufgefallen?

3

Was passiert, wenn Ihr die Ausstanzungen als zwei Hälften anseht, die Ihr zusammenfügt?

Kehrt zum Rätsel auf Seite 10 zurück.

falsche Antwort

Lösung

I. Die Einladung des Grafen

Gesucht ist der 13. Oktober. Auf der Einladung sind die Ausstanzungen oben und unten jeweils Buchstabenhälften. Werden diese zusammengesetzt, ergibt sich daraus »dreizehnter Oktober«.

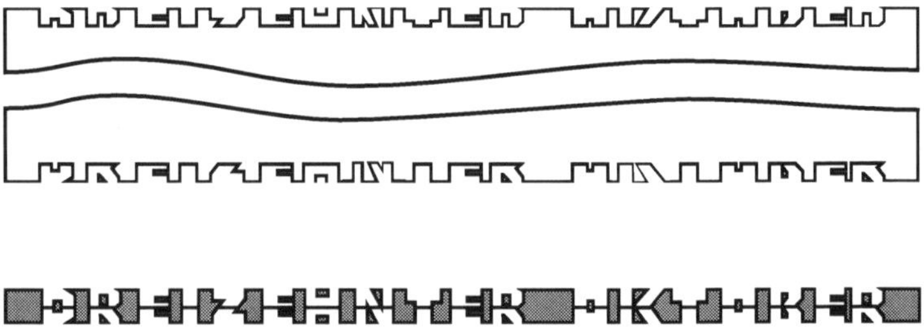

falsche Antwort

Tragt Eure verdienten Münzen ein und fahrt mit der Geschichte auf Seite 12 fort.

Hinweise

2. Die Reise quer durch Europa

1

Die Zeichen sehen zwar teilweise aus wie Buchstaben, doch wird nach einer Nummer gefragt. Es verbirgt sich tatsächlich eine Rechenaufgabe in den Zeichen.

2

Das erste Zeichen, das wie ein B aussieht, könnt Ihr auch als 13 interpretieren.

3

Die erste vierstellige Zahl lautet 1311 gefolgt von einem Minuszeichen. Jetzt müsst Ihr noch herausfinden, welche vierstellige Zahl die anderen Zeichen darstellen und die Rechnung lösen.

Kehrt zum Rätsel auf Seite 12 zurück.

richtige Antwort – blättert auf Seite 132 und notiert Euch die erspielten Münzen.

Lösung

2. Die Reise quer durch Europa

Das gesuchte Abteil trägt die Nummer 15. Auf dem Fahrschein sind keine Buchstaben vermerkt, sondern es befindet sich eine Rechnung darauf. Die Zahlen sind dabei so eng geschrieben, dass sie wie Buchstaben wirken. Wenn man die Zeichen jedoch etwas voneinander trennt, erkennt man folgende Rechnung:

$$1311 - 1296 = 15$$

Tragt Eure verdienten Münzen ein und fahrt mit der Geschichte auf Seite 14 fort.

richtige Antwort – blättert auf Seite 50 und notiert Euch die erspielten Münzen.

Hinweise

3. Ein unerwarteter Halt

1. Wer die Wahrheit sagt und wer lügt, ist für die Lösung irrelevant. Verstrickt Euch nicht zu sehr darin, alle Aussagen in ihrer Logik einzuordnen.

2. Um den Dieb zu enttarnen, müsst Ihr nur eine Aussage heranziehen.

3. Denkt daran: Die Aussagen wurden von allen Fahrgästen am Tisch nacheinander gegeben.

Kehrt zum Rätsel auf Seite 14 zurück.

falsche Antwort

Lösung

3. Ein unerwarteter Halt

Herr Pichler hat die verräterische Aussage gemacht. In den Aussagen aller lässt sich keine Logik ableiten. Herr Pichler macht aber einen Fehler. Wenn alle Personen nacheinander gefragt werden, kann Herr Pichler gar nicht wissen, was die Person nach ihm sagen wird. Trotzdem bezeichnet er Herrn Gruber als Lügner.

falsche Antwort

Tragt Eure verdienten Münzen ein und fahrt mit der Geschichte auf Seite 16 fort.

Hinweise

4. Die Straßen der Stadt

1

Da das Licht jeder Laterne die komplette Straße ausleuchtet, bietet es sich an, vor allem an Kreuzungen und Gabelungen eine Laterne anzubringen. Und dennoch muss nicht an jeder Kreuzung eine Laterne platziert werden.

2

Eine der Laternen sollte an der Kreuzung ganz oben links aufgestellt werden. So wird dort die horizontale, vertikale und diagonale Straße ausgeleuchtet.

3

Denkt daran: Die alte Dame will möglichst wenige Laternen aufstellen. Zwar könnte an jeder Kreuzung eine Laterne angebracht werden, es wird aber nach der kleinstmöglichen Anzahl gefragt.

Kehrt zum Rätsel auf Seite 16 zurück.

Lösung

4. Die Straßen der Stadt

Mit nur vier Laternen lassen sich alle Straßen beleuchten. Diese müssen wie folgt platziert werden:

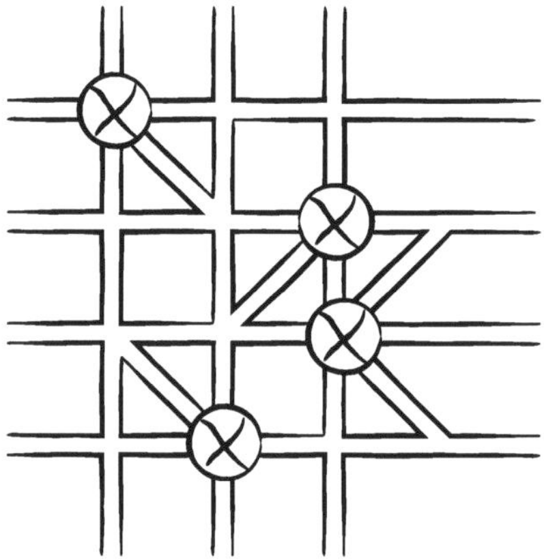

falsche Antwort

Tragt Eure verdienten Münzen ein und fahrt mit der Geschichte auf Seite 18 fort.

Hinweise

5. Der Kutscher wartet

1 Probiert verschiedene Routen aus. Wenn Ihr einen Ort doppelt durchqueren müsst, ist die Route nicht die richtige, und Ihr solltet vom Stern aus noch einmal eine neue Route einschlagen.

2 Vom Stern könnt Ihr nur zum Ort U gehen. Von dort führt die gesuchte Route als Nächstes zum Ort N.

3 Ob Ihr es glaubt oder nicht: Der Kutscher hat Euch bereits die komplette Route verraten.

Kehrt zum Rätsel auf Seite 18 zurück.

richtige Antwort – blättert auf Seite 76 und notiert Euch die erspielten Münzen.

Lösung

5. Der Kutscher wartet

Euer Zielort ist H. Wenn Ihr verschiedene Routen ausprobiert, werdet Ihr feststellen, dass es nur eine Route gibt, die über die Orte U, N, M, O, E, G, L, I, C, H führt. Als der Kutscher Euch sagte, dass es unmöglich sei, meinte er nicht, dass die Aufgabe nicht zu schaffen sei. Mit »unmöglich« verriet er Euch, wie die Buchstabenreihenfolge lautete.

Tragt Eure verdienten Münzen ein und fahrt mit der Geschichte auf Seite 21 fort.

falsche Antwort

Hinweise

6. Das Geheimfach

I

Es wird nicht nach einem Buchstaben gesucht, der eine Reihenfolge fortsetzt. Der gesuchte Buchstabe taucht in allen Zeichen auf.

2

Ist Euch schon die Symmetrie der Zeichen aufgefallen? Alle Zeichen sind Spiegelungen einer vertikalen Mitte.

3

Der gesuchte Buchstabe wurde für jedes Zeichen gedreht und in der Mitte vertikal gespiegelt. Jetzt müsst Ihr nur noch herausfinden, welcher Buchstabe mit einer gespiegelten Achse alle Zeichen hervorbringen kann.

Kehrt zum Rätsel auf Seite 21 zurück.

richtige Antwort – blättert auf Seite 162 und notiert Euch die erspielten Münzen.

Lösung

6. Das Geheimfach

Gesucht wird der Buchstabe R. Alle Zeichen bestehen aus einem R, welches gedreht und an der vertikalen Mittelachse gespiegelt wurde.

Die Antwort könnte richtig sein. Vergleicht sie mit der Lösung auf Seite 48.

Tragt Eure verdienten Münzen ein und fahrt mit der Geschichte auf Seite 22 fort.

Hinweise

7. Der verirrte Kutscher

I Ihr benötigt einen Anhaltspunkt für mindestens einen der Pfeile.

2 Einen Anhaltspunkt habt Ihr: Ihr seid von Bistritz aufgebrochen, also muss die Straße, auf der die Kutsche steht, auch in Richtung Bistritz führen.

3 Der Weg zur Burg führt in die entgegengesetzte Richtung von Bistritz.

Kehrt zum Rätsel auf Seite 22 zurück.

Die Antwort könnte richtig sein. Vergleicht sie mit der Lösung auf Seite 122.

Lösung

7. Der verirrte Kutscher

Die Burg erreicht Ihr über den Weg C. Da Ihr von Bistritz kommt, muss das Schild nach Bistritz auch in diese Richtung zeigen. Ihr wisst also, wie der Mast aufgestellt ausgerichtet sein musste. Wenn Ihr den Mast genau anschaut, erkennt Ihr, dass der Pfeil zur Burg Dracula genau in die entgegengesetzte Richtung von Bistritz zeigt. Ihr müsst also nur weiter geradeaus fahren.

Tragt Eure verdienten Münzen ein und fahrt mit der Geschichte auf Seite 24 fort.

falsche Antwort

Hinweise

8. Die Koffer-Knobelei

1

Mathematisch gesehen ergeben die Gleichungen keinen Sinn und doch liegt ihnen eine Logik zugrunde.

2

Mit dieser Logik ist es nicht möglich, Ergebnisse, die kleiner als 0 oder größer als 12 sind, anzugeben.

3

Was fällt Euch auf, wenn Ihr die Angaben als Uhrzeiten betrachtet?

Kehrt zum Rätsel auf Seite 24 zurück.

falsche Antwort

Lösung

8. Die Koffer-Knobelei

Gesucht wird die Zahl 2. Wenn Ihr die Gleichungen als Uhrzeiten einer 12-Stunden-Uhr betrachtet, ergeben diese Sinn:

9 Uhr + 6 Stunden = 3 Uhr (mittags)

9 Uhr – 6 Stunden = 3 Uhr (morgens)

7 Uhr – 8 Stunden = 11 Uhr (abends)

6 Uhr + 8 Stunden = 2 Uhr (mittags)

Tragt Eure verdienten Münzen ein und fahrt mit der Geschichte auf Seite 26 fort.

falsche Antwort

Hinweise

9. Der ertragreiche Burggraben

1 Ihr könnt jetzt komplizierte Rechnungen anstellen. Ist dies aber wirklich notwendig?

2 Lest Euch die Aufgabenstellung noch einmal ganz genau durch. Ein wichtiges Detail muss Euch ins Auge fallen.

3 Von welchen Beeren redet der Diener eigentlich die ganze Zeit?

Kehrt zum Rätsel auf Seite 26 zurück.

richtige Antwort – blättert auf Seite 124 und notiert Euch die erspielten Münzen.

Lösung

9. Der ertragreiche Burggraben

Die Pflanzen brachten keine (null) Johannisbeeren hervor. Wenn Ihr den Worten des Dieners ganz genau gelauscht habt, wisst Ihr, dass dieser bei seiner mathematischen Ausführung von Preiselbeeren sprach – keinen Johannisbeeren.

falsche Antwort

Tragt Eure verdienten Münzen ein und fahrt mit der Geschichte auf Seite 28 fort.

Hinweise

10. Der Schreck im Empfangszimmer

1 Damit der Schlüssel die Tür öffnet, muss er ins Schloss passen. Ist doch logisch, oder?

2 Die Schlüssel verbergen keine kryptischen Zeichen, die für das Lösen dieses Rätsels von Belang sind.

3 Schlüssel A würde gar nicht erst ins Schlüsselloch passen. Sein erster Zahn ist viel höher als das Schlüsselloch. Für welche Schlüssel trifft das noch zu?

Kehrt zum Rätsel auf Seite 28 zurück.

Lösung

10. Der Schreck im Empfangszimmer

Schlüssel D öffnet die Tür. Führt den Schlüssel mit dem ersten Zahn ins Schlüsselloch, dann dreht ihn und der zweite Zahn passt hinein. Dann wieder drehen und der Schlüssel öffnet die Tür.

Bei allen anderen Schlüsseln ist mindestens ein Zahn höher als das Schlüsselloch, sodass der Schlüssel gar nicht ganz hineinpasst.

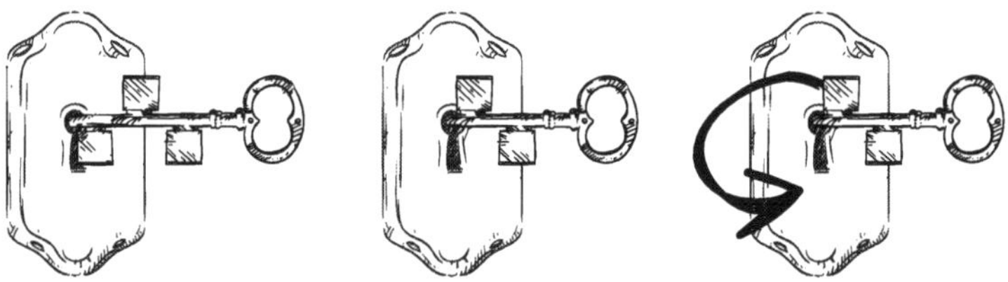

Tragt Eure verdienten Münzen ein und fahrt mit der Geschichte auf Seite 30 fort.

richtige Antwort – blättert auf Seite 130 und notiert Euch die erspielten Münzen.

Kapitel II

Die illustre Gesellschaft

II. Das unerwartete Wiedersehen

»Herr van Helsing, welch angenehme Überraschung, Euch hier anzutreffen«, begrüßt Euch einer der Herren mit einem Schritt nach vorn und reicht Euch seine Hand. Ihr fühlt die Wärme und Freundlichkeit, die von ihm ausgeht. Es ist die Person, die Euch bereits im Zug begegnet ist und Euch um Hilfe bezüglich der Abteilnummer gebeten hatte. Ihr seid froh, ihn nun wiederzusehen. Offenbar muss er eine eigene Kutsche genommen haben, um zur Burg zu gelangen. Er stellt sich mit seinem charmanten französischen Akzent als Félix Maupassant vor.

Die anderen Gäste, die im Empfangsbereich der Burg versammelt sind, verfolgen Euer Zusammenspiel mit neugierigen Blicken. Es sind sowohl elegante Damen in aufwendigen Abendkleidern als auch Herren in feinem Zwirn anwesend. Alle wirken auf ihre eigene Weise gespannt, was der Abend bringen mag.

»Meine Damen, meine Herren«, sagt Monsieur Maupassant mit einem Lächeln, »darf ich Ihnen van Helsing vorstellen? Wir haben uns bereits auf der Zugfahrt hierher kennengelernt und ich kann nur sagen, er ist ein vorzüglicher Freigeist. Wenn Ihr erlaubt, dürfte ich um eine Kostprobe für die Anwesenden bitten?«

Natürlich lehnt Ihr nicht ab und so beginnt Monsieur Maupassant mit seinem Stück.

falsche Antwort

»Auf der Reise hierher sah ich in einem Abteil des Zuges eine Gruppe an vergnügten Personen. Wie sich herausstellte, waren es sieben Brüder, die sich ein privates Abteil gebucht hatten. Der jüngste der Brüder, Gregor, zählte am Fenster die Kühe in der Landschaft. Heinrich, etwas älter, schrieb in sein Tagebuch. Martin, einer der mittleren Brüder, spielte Schach. Leonor, nicht der älteste, aber größte von den sieben, trank Wein. Frederic, ebenfalls recht jung, hielt ein Nickerchen. Ludwig, auch mittleren Alters, musizierte mit seiner Flöte. Ihr könnt Euch ja bestimmt denken, womit sich Vincent, der älteste Bruder, die Zeit vertrieb.«

Was tat Vincent in dem Abteil?
Schreibt Eure Antwort ★ auf.

____

Hinweise auf Seite 73

Dies ist eine Alles-oder-Nichts-Frage. Wenn Ihr meint, die Antwort zu kennen, blättert zur Lösung auf Seite 74. Solltet Ihr allerdings falschliegen, gilt das Rätsel als nicht geschafft und Ihr habt keine weiteren Versuche.

12. Der protzige Adel

Die Stimmung auf der Burg wird durch die Begrüßung der anderen Gäste erheitert. Ein älteres Ehepaar, Henrik von Aarenberg und seine Gemahlin Katalin von Aarenberg, stellt sich vor und begrüßt Euch herzlich. Frau von Aarenberg macht einen Knicks und Ihr spürt sofort Ihre Freundlichkeit.

Als Nächstes stellt sich Ivan Dragutin vor. Er hat einen starken ungarischen Akzent und bei seinem Händedruck bemerkt Ihr, dass er nur vier Finger an einer Hand hat. Ihr zeigt keinerlei Reaktion, da Ihr höflich bleiben möchtet.

Zofia Piłsudski begrüßt Euch ebenfalls. Euch fallen vor allem ihre Anmut und ihre klugen Augen auf. Danach stellen sich Signor Dante Pasolini und Lord Charles Ruthven vor. Ihr spürt, dass Ihr Euch in der Gesellschaft von gebildeten und interessanten Personen befindet.

Insgesamt seid Ihr acht Gäste auf der Burg. Euch wird ein Glas Champagner zum Empfang gereicht und Ihr stoßt mit den anderen vornehmst auf den Abend an. Herr von Aarenberg unterbricht jedoch mit einer

Die Antwort könnte richtig sein. Vergleicht sie mit der Lösung auf Seite 158.

Aussage, die Euch zum Schmunzeln bringt: »Bei uns im Kaiserreich sind solche Gläser viel größer. Ja, sie sind sogar zweimal so hoch und doppelt so breit, da passt doppelt so viel hinein.«

Lord Ruthven widerspricht jedoch höflich: »Ich glaube, Ihr irrt Euch, mein werter Herr. Vielleicht mögen Eure Gläser wirklich zweimal so hoch sein. Doch garantiere ich Euch, dass nicht nur das Doppelte hineinpasst.«

Ihr schaut Euer Glas nun genauer an. Es hat die Form eines Kegels. Ihr kommt nicht umher, über die Aussage von Lord Ruthven nachzudenken. Was, wenn es wirklich ein größeres Glas gibt und die Innenmaße des größeren Glases genau doppelt so groß wie die Innenmaße des kleineren Glases sind?

Wie häufig müsstet Ihr das kleine Glas mindestens stets bis zum Rand füllen und die Flüssigkeit in das große Glas kippen, bis das große Glas komplett gefüllt ist? Notiert die Anzahl im Feld.

Hinweise auf Seite 75

Antwort	3	4	5	6	7	8	9	10
Seite	58	52	48	45	40	39	31	22

13. Das Seemannsgarn

Herr von Aarenberg löst die Situation auf und gibt zu verstehen, dass seine Aussage nur ein Test gewesen sei. Natürlich wollte er nur sehen, mit welchen Gelehrten er es zu tun habe. Offenbar mit sehr Gebildeten.

Der Diener tritt heran. »Dürfte ich um einen kurzen Augenblick Ihrer werten Aufmerksamkeit bitten? Graf Dracula freut sich, dass jeder seiner Gäste seiner Einladung gefolgt ist. Er wird in Kürze persönlich zu der Gesellschaft hinzustoßen. Für den Moment bittet er jedoch darum, noch hier im Empfangszimmer zu verweilen.«

Ihr nutzt die Zeit, um weiter mit den anderen Gästen ins Gespräch zu kommen.

Ihr seht, wie Monsieur Maupassant mit Signor Pasolini redet und tretet zu beiden heran.

»Ahh, mein Herr«, nimmt Euch Monsieur Maupassant in die Runde auf. »Signor Pasolini hat mir gerade von seiner Tüchtigkeit als Geschäftsmann bei einer Reederei in Italien erzählt. Signor Pasolini, wollt Ihr nicht noch einmal die Geschichte erzählen, die Ihr bereits mit mir geteilt habt?«

Ihr blickt Signor Pasolini an und Euch fällt auf, wie braun gebrannt er ist. Das Wetter in Italien muss trotz dieser Jahreszeit noch immer sehr mild sein. Signor Pasolini setzt zu seinem Vortrag an:

falsche Antwort

»Wie Ihr bestimmt wisst, ist es für einen Bootsführer sehr wichtig, sich mit den Gezeiten auszukennen. Bei Ebbe sinkt der Wasserspiegel, bei Flut steigt er an. Einer meiner Außenmatrosen bekam die Aufgabe, die Bordwand zu reinigen. Er ließ also eine Strickleiter an der Außenkante meines Schiffes hinunter und stieg hinab. Die unterste Sprosse der Leiter endete nur knapp über der Wasseroberfläche. Er stellte sich auf die unterste Sprosse und begann mit der Reinigung. Alle Sprossen waren 35 Zentimeter voneinander entfernt. Pro Minute stieg durch die Flut der Wasserspiegel um drei Zentimeter an. Die Reinigung der Bordwand dauerte rund eine Stunde. Wenn er nasse Füße vermeiden wollte, wie viele Sprossen musste er während seiner Arbeit hinaufklettern?«

Beantwortet die Frage von Signor Pasolini. Schreibt die Anzahl der Sprossen, die der Matrose hinaufklettern musste, in das Feld.

Hinweise auf Seite 77

Antwort	0	1	2	3	4	5	6	7	8	9	10
Seite	148	146	144	142	136	133	129	126	122	119	117

14. Geschäftsmänner unter sich

»Ich sehe, Ihr seid wahrlich ein Gelehrter«, zeigt sich Signor Pasolini imponiert von Eurem Können.

Eine weitere Person gesellt sich zu Eurer Runde. Es ist Zofia Piłsudski. Ihr kommt ins Gespräch und seid beeindruckt von Ihrer akzentfreien, perfekten Ausdrucksweise.

»Nun, mein Herr, gebürtig stamme ich zwar aus Warschau, doch lebe ich schon seit vielen Jahren in London und bin eine der wenigen Damen, die als Dolmetscherin für Politiker Arbeit fanden.«

»Das ist ja interessant«, klinkt sich Monsieur Maupassant ein. »Auch Lord Ruthven stammt aus London. Bestimmt entsteht im Laufe des Abends eine Gelegenheit, Euch mit ihm zu unterhalten.«

»Oh, ich habe mich bereits mit ihm unterhalten«, erwidert Frau Piłsudski. »Er ist sehr vornehm, doch spricht er manchmal in Rätseln. Er erzählte mir, dass einem guten Geschäftsmann zu jeder Tageszeit der Sinn danach steht, ein rentables Geschäft abzuschließen. Sogar auf der Zugfahrt hierher konnte er einige wertvolle Taler an Sammler verkaufen.

Am ersten Tag seiner Reise konnte er nach eigener Aussage ein Drittel seiner Taler verkaufen. Am zweiten Tag führte ihn seine Reise durch Bayern und Böhmen. Hier konnte er sogar die Hälfte der verbliebenen Taler für den doppelten Preis

falsche Antwort

veräußern. Die letzte Etappe am dritten Tag durch Ungarn lief lange Zeit weniger erfreulich. Er musste den Preis sehr senken, konnte aber noch seine letzten vier Taler an ein Ehepaar aus Budapest verkaufen.

Ich weiß nicht, ob er mir die Gesamtsumme an Talern, die er verkauft hat, nicht nennen wollte, weil sie vielleicht klein ausfiel oder er mit seinem mathematischen Geschick prahlen wollte. Ihr könnt Euch bestimmt denken, wie viele Taler er auf der Zugfahrt verkaufte.«

Wie viele Taler hat Lord Ruthven während seiner Zugfahrt insgesamt verkauft? Schreibt Eure Antwort in das Feld.

Hinweise auf Seite 79

Antwort	1	2	3	4	5	6	7	8	9	10	11	12	13	14	15	16	17	18	19	20 & mehr
Seite	88	48	79	98	64	94	108	45	116	76	114	72	102	81	96	119	60	104	90	40

15. Die Platzwahl mit Hindernissen

Plötzlich wird die illustre Gesprächsrunde durch ein lautes Klirren abrupt unterbrochen. Ihr schaut Euch um, doch könnt nichts Auffälliges erkennen.

Der Diener huscht vorbei an ein Fenster. Er hebt den Vorhang leicht an. Offenbar ist ein Vogel gegen die Scheibe geflogen. Erst jetzt fällt Euch auf, dass alle Vorhänge in diesem Raum zugezogen sind. Nichts der äußeren Landschaft ist zu erhaschen.

Eure Gedanken werden jäh unterbrochen, als der Diener spricht: »Meine Damen, meine Herren. Durch ein Missgeschick ist die Scheibe zerbrochen und die kalte Luft weht schon hinein. Ich bitte darum, die Unannehmlichkeiten zu verzeihen. Wir gehen direkt zum Dinner über.«

Der Diener huscht wieder an Euch vorbei und öffnet zwei pompöse Flügeltüren. Sie führen in einen Raum mit einem großen, runden Tisch. Von der Decke ragt ein immenser Kronleuchter.

Ihr werdet gebeten, Platz zu nehmen. Scheinbar ist der Herr des Hauses ein echter Rätselfreund. Anstelle von Namensschildern gibt es eine Anweisung, wie Ihr Platz zu nehmen habt.

Herr von Aarenberg sitzt rechts neben seiner Gemahlin.

Herr Dragutin und Frau von Aarenberg sitzen dem Grafen am nächsten.

Frau Piłsudski sitzt direkt zwischen Lord Ruthven und Monsieur Maupassant.

Lord Ruthven sitzt nicht zur Rechten von Herrn Dragutin.

Signor Pasolini und Monsieur Maupassant sind am weitesten vom Grafen entfernt.

Der Graf wird auf Platz 1 speisen.

Auf welchem Stuhl nehmt Ihr Platz? Schreibt Eure Position in das Feld.

Hinweise auf Seite 81

Antwort	Seite
1	90
2	98
3	104
4	106
5	108
6	114
7	116
8	118
9	122

16. Der gedankenreiche Zwischengang

Nachdem alle Platz genommen haben, kehrt für einen kurzen Moment Ruhe ein. Plötzlich wird ein purpurroter Wandvorhang hinter dem Tisch geöffnet. Ein blasser Herr tritt hervor. Alle schauen auf.

»Meine Damen, meine Herren. Vielen Dank, dass Sie meiner Einladung gefolgt sind. Mein Name ist Graf Dracula und ich bin der Herr dieser Ländereien. Sie fragen sich bestimmt, was es mit dem Angebot auf sich hat, von dem ich Ihnen allen in der Einladung erzählt hatte. Nun, ich lasse Sie noch einen Augenblick in Neugier verweilen. Für den Moment freue ich mich, Sie alle kennenlernen zu dürfen und hoffe, dass Sie Hunger mitgebracht haben.«

Die Flügeltüren öffnen sich erneut und zahlreiche Bedienstete treten ein, um Euch den ersten Gang zu servieren.

Das Essen ist köstlich. Der Graf hat an nichts gespart. Nach dem Hauptgang dreht sich Signor Pasolini zu Euch. »Darf ich Euch zur Belustigung ein kleines Rätsel darbieten?«

Ihr nickt und Signor Pasolini legt einige Münzen vor Euch auf den Tisch. »Legt die Münzen so um, dass von Eurer jetzigen Position aus die Spitze des Dreiecks nicht mehr nach oben, sondern nach unten zeigt. Schafft Ihr es in möglichst wenigen Zügen?«

richtige Antwort – blättert auf Seite 46 und notiert Euch die erspielten Münzen.

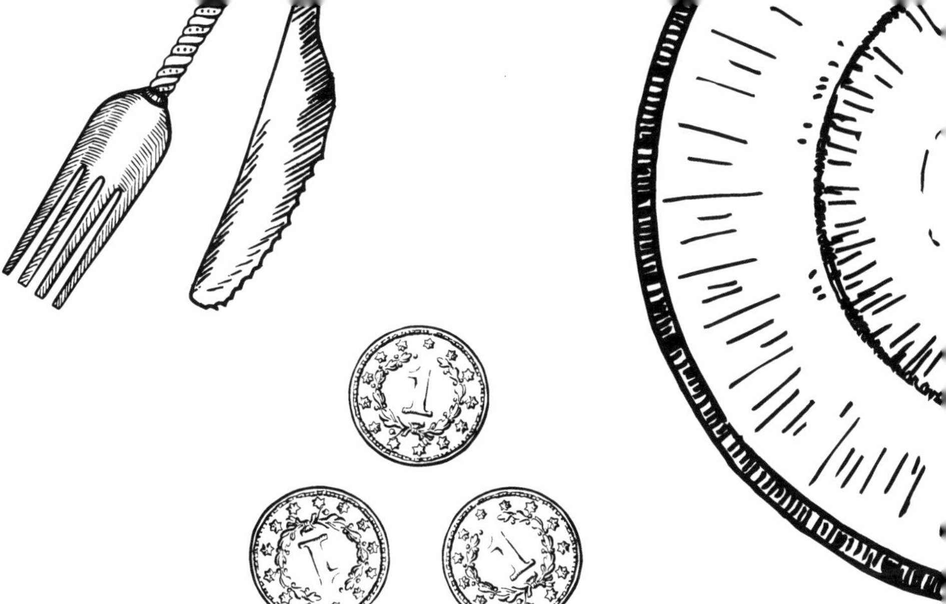

Was ist die kleinste Anzahl an Zügen (Positionswechsel einer Münze), die Ihr vornehmen müsst, sodass die Spitze des Dreiecks nach unten zeigt? Schreibt die Anzahl in das Feld.

Hinweise auf Seite 83

Antwort	0	1	2	3	4	5	6	7	8	9	10
Seite	158	133	102	174	119	142	96	165	128	82	146

17. Der Fortschritt

Henrik von Aarenberg beugt sich zu Euch herüber: »Wie ich bemerkt habe, ist Euch auch schon dieser Kronleuchter aufgefallen. Ich muss zugeben, dass ich überrascht bin. Ich hätte es nicht für möglich gehalten, dass diese Ländereien schon mit Elektrizität erschlossen sind.«

Ihr schaut noch einmal genau hin und da fällt es Euch ebenfalls auf: Im Kronleuchter befinden sich keine Wachskerzen. Stattdessen wird er mit Glühbirnen betrieben. Der Graf muss wahrlich ein Vermögen besitzen. Ihr habt von solch einer Technologie bisher nur gehört, sie aber noch nicht zu Gesicht bekommen.

Da fällt Euch wieder auf, dass auch in diesem Raum alle Fenster verdeckt sind. Vielleicht verpönt der Graf ja das Tageslicht und lässt auch am Tage die Birnen brennen. Der Gedanke amüsiert Euch, doch könnt Ihr ihn kaum weiterverfolgen, da von Aarenberg fortfährt.

»Ich hatte mal einen Diener, der für viel Schlamassel sorgte. Er sollte in meinem Lesesaal 20 Tafelkerzen für mich anzünden. Dummerweise ließ er das Fenster offen, sodass der Wind vier Lichter auspustete. Ich machte das Fenster zu, dabei erlosch durch den Windzug noch eine Flamme. Ich wollte, mit einer der anderen Kerzen, die Erloschenen wieder anzünden. Ich griff zu einem Kerzenhalter und tatsächlich gelang es mir bei einer Kerze auch. Dummerweise war die Kerze, die ich zum Anzünden verwendete, aber nicht gut im Halter platziert und sie fiel heraus. Ich pustete sie daher aus. Der Diener sollte das in Ordnung bringen, also suchte ich nach ihm. Ich konnte ihn jedoch nicht finden und da es schon spät war, legte ich mich schlafen. Angenommen, dass keine Kerze mehr erlosch, wie viele Kerzen waren am nächsten Morgen übrig?

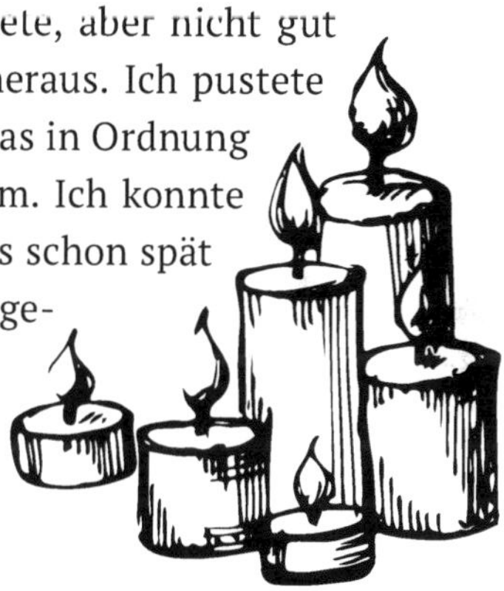

Wie viele Kerzen waren am nächsten Morgen übrig? Schreibt Eure Antwort in das Feld.

Hinweise auf Seite 85

Antwort	Seite
0	175
1	172
2	167
3	164
4	159
5	156
6	152
7	146
8	144
9	136
10	133
11	129
12	126
13	122
14	119
15	117
16	114
17	108
18	102
19	98

18. Das gelüftete Geheimnis

Das Dinner wird fortgesetzt und Graf Dracula spricht erneut in die Runde: »Nun meine Damen, meine Herren, es freut mich sehr, dass der Abend zu Ihrer Zufriedenheit verläuft.«

Ihr bemerkt, dass er trotz der vielen Gäste kaum aufgeregt zu sein scheint, als er fortfährt: »Sie alle möchten sicherlich wissen, was es mit der Einladung auf sich hat. Nun, ich plane eine Expedition in die östlichen Gefilde. Neue Kulturen und Schätze ungeahnten Ausmaßes warten dort.«

Ihr spürt eine wachsende Aufregung und Neugierde in der Gruppe, als Graf Dracula seine Pläne enthüllt. Ihr fragt Euch, was für eine Art von Expedition er wohl planen mag und was für Schätze dort zu finden sein könnten.

»Ganz recht, für diese Expedition suche ich die klügsten Köpfe unseres Kontinents – und das sind Sie«, verkündet der Graf stolz und schaut in die Runde. Ihr bemerkt, wie die Gäste sich untereinander bestätigend anschauen. »Erweisen Sie sich als würdig, werde ich Sie zur Expedition einladen und reichlich belohnen«, verspricht Graf Dracula und Ihr könnt den Enthusiasmus in der Gruppe spüren.

richtige Antwort – blättert auf Seite 128 und notiert Euch die erspielten Münzen.

»Leider kann ich das Angebot nicht allen hier Anwesenden unterbreiten. Nur die Besten werden bedacht. Beweisen Sie Ihr Können mit folgendem Rätsel.«

Der Graf steht auf, räuspert sich und setzt an:

»Der es macht,
der will es nicht;
Der es trägt,
behält es nicht;
Der es kauft,
der braucht es nicht;
Der es braucht,
der weiß es nicht.«

»Das ist doch einfach«, unterbricht Frau von Aarenberg die nachdenkliche Runde leicht lallend. Offensichtlich hatte sie etwas zu viel Champagner beim Empfang getrunken. »Die Lösung lautet ›Baum‹.«

Die gute Dame muss sehr verwirrt sein, zeigt sich der Graf doch gänzlich unbeeindruckt.

Welcher Begriff wird gesucht? Schreibt ihn auf. Den Anfangsbuchstaben nutzt Ihr für das Code-Schloss.

Hinweise auf Seite 87

Antwort	A	B	C	D	E	F	G	H	I	J	K	L	M	N	O	P	Q	R	S	T	U	V	W	X	Y	Z
Seite	172	12	133	45	146	22	98	64	89	158	31	114	36	81	94	49	122	81	115	14	102	52	164	45	144	70

19. Der Test des Grafen

Ihr wisst die Lösung, doch Ihr lasst Frau Piłsudski zuerst antworten. Der Graf nickt achtungsvoll und hebt sein Glas zum Zuprosten in Richtung von Frau Piłsudski. Die Runde tut es ihm gleich, und prostet ihr ebenfalls zu. Ihr empfindet es auch als Bestätigung Eurer eigenen Überlegungen. Frau Piłsudski freut sich über das Lob und Ihr spürt, dass sie sich in diesem Moment besonders schlau und selbstsicher fühlt.

Ihr bemerkt jedoch auch die neidischen Blicke von Herrn von Aarenberg, der offenbar unzufrieden damit ist, dass sie ihm zuvorgekommen ist. Er krallt sich nahezu an seinem Glas fest und rückt das Medaillon am Hals seiner Frau zurecht. Scheinbar will er sich ablenken.

»Nichts als Zufall«, raunt er mürrisch in die Runde. »Mein Graf, Ihr habt doch bestimmt noch eine herausforderndere Aufgabe, die unserem Geist gewachsen ist.«

»Selbstverständlich«, antwortet Graf Dracula. Erst jetzt fällt Euch sein österreichischer Akzent auf. Der Graf setzt zu einem weiteren Rätsel an:

richtige Antwort – blättert auf Seite 134 und notiert Euch die erspielten Münzen.

»Wie den Geschäftsmännern unter Ihnen bestimmt bewusst ist, ist so mancher Händler nicht edlen Gemüts, ja sogar hinterlistig. Ich hörte von einem Händler in Bistritz, der besonders dreist zu sein scheint. Auf dem Markt verkaufen sieben Händler einen ganzen Haufen an Silbertalern. Jeder Taler wiegt zehn Gramm. Einer der Händler hat es aber nicht so mit der Ehrlichkeit. Seine Silbertaler wiegen alle nur neun Gramm. Das bloße Abschätzen in der Hand, welche Münze weniger wiegt, dürfte Ihnen nicht gelingen.

Angenommen, Sie besitzen eine geeichte Waage. Was ist die kleinstmögliche Anzahl an Wiegeversuchen, die Sie benötigen, um unter den sieben Händlern, mit Sicherheit den einen unehrlichen herauszufinden?«

Beantwortet die Frage des Grafen. Schreibt die kleinstmögliche Anzahl an Wiegeversuchen in das Feld.

Hinweise auf Seite 89

Antwort	Seite
0	173
1	166
2	159
3	146
4	133
5	126
6	119
7	108

20. Das Verschwinden

Diesmal ist es Signor Pasolini, der kurz vor Euch die richtige Antwort nennt. Plötzlich beginnt das Licht zu flimmern.

falsche Antwort

»Es scheint, als würde die Technik in den hintersten Wäldern eben doch nicht so ausgereift sein«, murrt Herr von Aarenberg. Das Flimmern wird heftiger. Nervöse Gesichter schauen einander an. Nur einen kurzen Moment später fällt das komplette Licht aus.

Es ist stockfinster im Raum. Da die Vorhänge zugezogen sind, strahlt nicht einmal das Mondlicht herein.

Plötzlich ertönt ein stumpfes Geräusch. Hat jemand etwas vom Tisch geworfen? Die Anwesenden beginnen laut zu reden. Es wird nach dem Diener gerufen, Kerzen werden verlangt.

Wie aus dem Nichts geht das Licht wieder an. Die Runde schaut sich verwirrt um. Es ist nichts weiter passiert. Doch eine Person fehlt. Der Stuhl, auf dem Graf Dracula gespeist hat, ist leer. Stattdessen wurde ein Zettel hinterlassen.

Die Ziffer 1 kommt ___ -mal vor

Die Ziffer 2 kommt ___ -mal vor

Die Ziffer 3 kommt ___ -mal vor

Die Ziffer 4 kommt ___ -mal vor

Die Ziffer 5 kommt 1 -mal vor

Beweisen Sie, wie groß Ihr Verstand ist.
Nur der Beste möge auserwählt sein.

Füllt die Lücken mit Zahlen, sodass alle Angaben richtig sind. Die Zahl für die dritte Lücke verwendet Ihr für das Code-Schloss.

Hinweise auf Seite 91

Antwort	0	1	2	3	4	5	6	7	8	9	10
Seite	44	52	60	78	82	98	108	114	126	136	142

Abschluss Kapitel II

Kaum ist das Rätsel gelöst, geschehen zwei Dinge. Der Tisch bricht in sich zusammen, als wäre ein Loch im Boden entstanden. Als sei dieser Anblick nicht schon merkwürdig genug, kracht der purpurfarbene Vorhang herab.

Was sich dahinter verbirgt, lässt jeden verstummen: Graf Dracula, der vor wenigen Augenblicken noch mit Euch am Tisch saß, hängt tot an der Wand. Ein faustdicker Holzpfahl geht durch seine Brust und bohrt sich in die Wand. Welch teuflisches Werk ...

Zwischenstopp

Ihr habt Kapitel II abgeschlossen.
Zählt die verdienten Münzen aus den Rätseln 11 bis 20 (Seite 74 bis 92) zusammen.

Notiert sie Euch hier im Feld und fahrt anschließend mit der Geschichte auf Seite 93 fort.

richtige Antwort – blättert auf Seite 80 und notiert Euch die erspielten Münzen.

Hinweise

II. Das unerwartete Wiedersehen

1. Ihr müsst nach keinem Muster in der Ausführung suchen. Nur eine Beschreibung ist für das Lösen des Rätsels wirklich wichtig.

2. Vincent ging der gleichen Beschäftigung nach, wie einer seiner Brüder.

3. Wie viele Personen braucht es für eine ordentliche Partie Schach?

Kehrt zum Rätsel auf Seite 52 zurück.

Lösung

II. Das unerwartete Wiedersehen

Vincent spielte ebenfalls Schach. Wenn Ihr die Ausführung noch einmal genau durchlest, wird Euch auffallen, dass Martin Schach spielt, während die anderen vorgestellten Brüder einer anderen Beschäftigung nachgehen. Da sich Schach nur schwer allein spielen lässt, sitzt Vincent gegenüber von Martin am Brett.

richtige Antwort – blättert auf Seite 164 und notiert Euch die erspielten Münzen.

Tragt Eure verdienten Münzen ein und fahrt mit der Geschichte auf Seite 54 fort.

Hinweise

12. Der protzige Adel

1 Bei dieser Knobelaufgabe ist gutes Vorstellungsvermögen gefragt. Stellt Euch die Gläser dreidimensional vor.

2 Ihr benötigt keinen Taschenrechner und müsst Euch nicht an komplizierten Rechnungen versuchen.

3 Das Lösungsprinzip kann auch auf einen Würfel angewendet werden. Angenommen, Ihr habt mehrere Würfel, die je 10 Zentimeter breit sind. Wie häufig würden diese Würfel in einen Karton in Form eines Würfels mit 20 Zentimeter Breite passen?

Kehrt zum Rätsel auf Seite 54 zurück.

falsche Antwort

Lösung

12. Der protzige Adel

Ihr müsst die Flüssigkeit des kleinen Glases insgesamt achtmal in das große Glas füllen, damit dieses komplett gefüllt ist.

Egal, ob Würfel, Quader oder – im Falle des Trinkglases – Kegel: Verdoppelt sich die Kantenlänge beziehungsweise der Radius einer geometrischen Form, wird das Volumen verachtfacht.

Tragt Eure verdienten Münzen ein und fahrt mit der Geschichte auf Seite 56 fort.

falsche Antwort

Hinweise

13. Das Seemannsgarn

1 Versucht Euch nicht in ausgetüftelten Rechenwegen. Die Lösung ist viel einfacher, als Ihr denkt.

2 Hier geht es nicht um Mathematik, sondern um physikalische Gegebenheiten.

3 Wenn Ihr auf einem Boot seid und der Meeresspiegel höher steigt als die Höhe des Bootes, gerät das Boot trotzdem nicht unter Wasser. Warum?

Kehrt zum Rätsel auf Seite 56 zurück.

falsche Antwort

Lösung

13. Das Seemannsgarn

Der Matrose konnte auf der untersten Sprosse verbleiben und musste keine hinaufklettern. Sobald der Wasserspiegel stieg, wurde auch das Schiff angehoben. Da die Leiter am Schiff befestigt war, stieg sie auch mit an und berührte nie das Wasser.

Tragt Eure verdienten Münzen ein und fahrt mit der Geschichte auf Seite 58 fort.

Die Antwort könnte richtig sein. Vergleicht sie mit der Lösung auf Seite 92.

Hinweise

14. Geschäftsmänner unter sich

1 Geht die Aufgabe am besten von hinten an und startet bei vier Talern.

2 Am zweiten Tag hatte er noch so viele Taler bei sich, dass die Hälfte davon vier ist.

3 Wenn er am Ende des ersten Tages noch acht Taler hatte, mit wie vielen Talern startete dann seine Reise?

Kehrt zum Rätsel auf Seite 58 zurück.

Lösung

14. Geschäftsmänner unter sich

Es sind zwölf Taler, die Lord Ruthven auf seiner Reise insgesamt verkauft hat.

Am ersten Tag verkaufte er ein Drittel seiner Waren (ein Drittel von zwölf sind vier). Am zweiten Tag wurde er die Hälfte seiner noch vorhandenen Taler los (die Hälfte von acht ist vier). Und am dritten Tag verkaufte er seine restlichen vier Taler.

Tragt Eure verdienten Münzen ein und fahrt mit der Geschichte auf Seite 60 fort.

falsche Antwort

Hinweise

15. Die Platzwahl mit Hindernissen

1 Wenn Ihr die Aussagen kombiniert, ergibt sich die Sitzordnung. Da Signor Pasolini und Monsieur Maupassant am weitesten vom Grafen entfernt sitzen, muss sich deren Platz auf den Nummern 5 und 6 befinden.

2 Da Herr Dragutin und Frau von Aarenberg dem Grafen am nächsten sitzen, kommen nur Platz 2 und 9 dafür infrage.

3 Da Herr von Aarenberg rechts neben seiner Gemahlin sitzt, kann diese nicht auf Platz 9 sitzen, da ansonsten Herr von Aarenberg auf dem Platz des Grafen sitzen würde.

Kehrt zum Rätsel auf Seite 60 zurück.

Lösung

15. Die Platzwahl mit Hindernissen

Euer Platz ist auf Position Nummer 4. Wenn Ihr die Anweisung befolgt, ist dies der einzige noch freie Platz.

Platz 1:	Graf Dracula
Platz 2:	Frau von Aarenberg
Platz 3:	Herr von Aarenberg
Platz 4:	Herr van Helsing
Platz 5:	Signor Pasolini
Platz 6:	Monsieur Maupassant
Platz 7:	Frau Piłsudski
Platz 8:	Lord Ruthven
Platz 9:	Herr Dragutin

falsche Antwort

Tragt Eure verdienten Münzen ein und fahrt mit der Geschichte auf Seite 62 fort.

Hinweise

16. Der gedankenreiche Zwischengang

1 Ihr müsst nicht alle neun Münzen der obersten drei Reihen umlegen. Einige Münzen behalten ihre Position bei.

2 Vielleicht hilft es Euch, die Pyramide mit der Spitze nach unten aus Münzen zu zeichnen, bevor Ihr Euch über das Umlegen Gedanken macht.

3 Die zweite Reihe von oben bildet bei der neuen Pyramide die oberste Reihe.

Kehrt zum Rätsel auf Seite 62 zurück.

richtige Antwort – blättert auf Seite 42 und notiert Euch die erspielten Münzen.

Lösung

16. Der gedankenreiche Zwischengang

Ihr müsst nur drei Münzen umlegen, damit sich das gewünschte Muster ergibt und die Spitze der Pyramide nach unten zeigt.

Diese Münzen müsst Ihr umlegen:

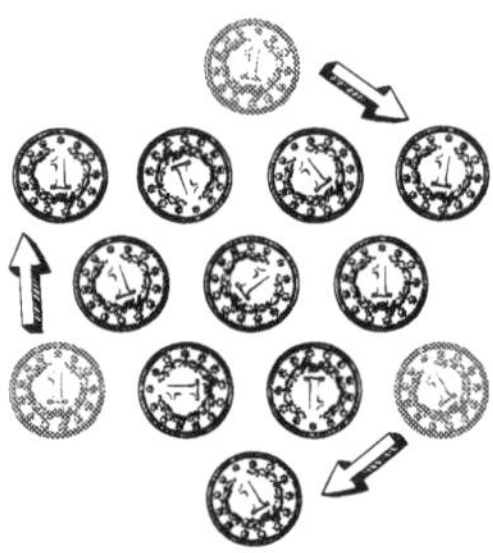

Tragt Eure verdienten Münzen ein und fahrt mit der Geschichte auf Seite 64 fort.

falsche Antwort

Hinweise

17. Der Fortschritt

1 Beachtet, dass gefragt wird, wie viele Kerzen am nächsten Morgen, und nicht als Herr von Aarenberg ins Bett ging, noch übrig waren.

2 Wenn eine Kerze die ganze Nacht lang brannte, wird sie bis zum nächsten Morgen abgebrannt gewesen sein.

3 Es ist nur wichtig zu wissen, wie viele Kerzen nicht brannten, als Herr von Aarenberg zu Bett ging.

Kehrt zum Rätsel auf Seite 64 zurück.

Die Antwort könnte richtig sein. Vergleicht sie mit der Lösung auf Seite 168.

Lösung

17. Der Fortschritt

Fünf Kerzen waren am nächsten Morgen noch übrig. Die anderen 15 brannten über Nacht ab.

Wie Ihr gehört habt, wurden vier Kerzen durch den Wind ausgepustet.

Herr von Aarenberg schloss das Fenster und noch eine Kerze ging aus.

Nun zündete er eine Kerze mit der Flamme einer anderen wieder an.

Doch eine Kerze fiel herunter und er machte sie aus. So brannten an diesem Abend noch 15 Kerzen ab.

Tragt Eure verdienten Münzen ein und fahrt mit der Geschichte auf Seite 66 fort.

richtige Antwort – blättert auf Seite 118 und notiert Euch die erspielten Münzen.

Hinweise

18. Das gelüftete Geheimnis

1 Man selbst braucht diesen Gegenstand nur einmal im Leben.

2 Zum Schlafen ist er nicht gedacht und dennoch liegt man darin.

3 Es ist ein Gegenstand, der Traurigkeit hervorruft.

Kehrt zum Rätsel auf Seite 66 zurück.

Lösung

18. Das gelüftete Geheimnis

Der gesuchte Begriff ist »Sarg«. Der Schreiner, der ihn herstellt, will ihn nicht benutzen. Die Sargträger tragen ihn zu Grabe, behalten ihn also nicht. Gekauft wird der Sarg von Angehörigen des Verstorbenen, sie selbst können damit aber nichts anfangen. Und der Verstorbene ist tot, er weiß also nicht, dass er einen Sarg braucht.

falsche Antwort

Tragt Eure verdienten Münzen ein und fahrt mit der Geschichte auf Seite 68 fort.

Hinweise

19. Der Test des Grafen

1 Natürlich könntet Ihr von allen Händlern nacheinander einen Taler auf die Waage legen. Dann müsstet Ihr im ungünstigsten Fall aber bis zu sechsmal wiegen.

2 Um den unehrlichen Händler zu finden, müsst Ihr insgesamt 28 Taler wiegen.

3 Von dem ersten Händler nehmt Ihr einen Taler, von dem zweiten Händler zwei und von dem dritten Händler drei Taler. Kommt Euch jetzt eine Idee?

Kehrt zum Rätsel auf Seite 68 zurück.

Lösung

19. Der Test des Grafen

Mit nur einem einzigen Wiegeversuch lässt sich der unehrliche Händler herausfinden. Ihr wisst, dass die Taler des unehrlichen Händlers ein Gramm weniger wiegen. Von dem ersten Händler nehmt Ihr einen Taler, von dem zweiten Händler zwei Taler, von dem dritten Händler drei Taler und so weiter.

Legt nun alle Taler auf eine Waage und sie zeigt Euch ein Gewicht an. Wenn das Gewicht nur um ein Gramm von einer Zehnerstelle abweicht, wisst Ihr, dass ein leichterer Taler unter den anderen ist. Würde das Ergebnis zum Beispiel um vier Gramm abweichen, wisst Ihr, dass vier leichtere Taler mit dabei sind. Wenn es also ein Gramm ist, muss es Händler Eins sein. Sind es vier Gramm, muss es Händler Vier sein und so weiter.

Tragt Eure verdienten Münzen ein und fahrt mit der Geschichte auf Seite 70 fort.

Hinweise

20. Das Verschwinden

1 Am besten Ihr notiert provisorische Werte in den Lücken und passt sie nach und nach an. Die erste Lücke kann zum Beispiel nicht mit einer 1 gefüllt werden. Die Aussage würde dann »Die Ziffer 1 kommt 1-mal vor« lauten, in dieser Aussage ist sie aber schon zweimal vertreten.

2 Die Ziffer 4 kommt nur ein einziges Mal vor.

3 Die Ziffer 2 taucht 2-mal auf. Somit könnt Ihr die Felder für die Ziffer 4 und 2 nun ausfüllen. Konzertiert Euch als Nächstes darauf, wie häufig die Ziffer 1 vorkommt. Dann sollte die Lücke für die Ziffer 3 keine Herausforderung mehr darstellen.

Kehrt zum Rätsel auf Seite 70 zurück.

richtige Antwort – blättert auf Seite 126 und notiert Euch die erspielten Münzen.

Lösung

20. Das Verschwinden

Mit folgenden Werten müsst Ihr die Lücken füllen:

Die Ziffer 1 kommt 3-mal vor

Die Ziffer 2 kommt 2-mal vor

Die Ziffer 3 kommt 3-mal vor

Die Ziffer 4 kommt 1-mal vor

Die Ziffer 5 kommt 1-mal vor

Nur mit diesen Werten sind alle Angaben korrekt – so zum Beispiel, dass die Ziffer 1 dreimal im Text vorkommt.

Tragt Eure verdienten Münzen ein und fahrt mit der Geschichte auf Seite 72 fort.

richtige Antwort – blättert auf Seite 176 und notiert Euch die erspielten Münzen.

Kapitel III

Die Gemäuer der Burg

21. Der einzige Ausweg

Was in aller Welt ist passiert? Als Arzt hechtet Ihr zum aufgespießten Grafen und fühlt nach dem Puls. Wie erwartet, ist er nicht mehr zu finden. Jemand hat Graf Dracula bestialisch ermordet.

Auch die anderen Anwesenden scheinen sich aus der Schockstarre zu lösen. Lord Ruthven eilt zur Flügeltür und rüttelt daran. »Sie ist versperrt!«

Eine andere Tür bietet der Raum nicht. Auf Klopfen und Hilferufe nach dem Diener rührt sich nichts.

»Ich will hier raus!«, schreit Frau von Aarenberg.

Monsieur Maupassant blickt hinter die Vorhänge am Fenster. Von außen sind die Scheiben jedoch mit einem Metallgitter versehen.

»Es muss noch einen anderen Zugang geben«, stellt Frau Piłsudski fest. »Schließlich muss der Graf auch irgendwie in den Raum gekommen sein.« Frau Piłsudski sieht sich weiter im Raum um und scheint an der Wand mit dem Toten etwas entdeckt zu haben.

»Hier! Ich könnte Hilfe gebrauchen«, ruft sie in die Runde und zeigt auf eine Stelle. Ihr geht zu ihr und entdeckt seltsame Symbole, doch an einer Stelle scheint etwas weggekratzt worden zu sein …

falsche Antwort

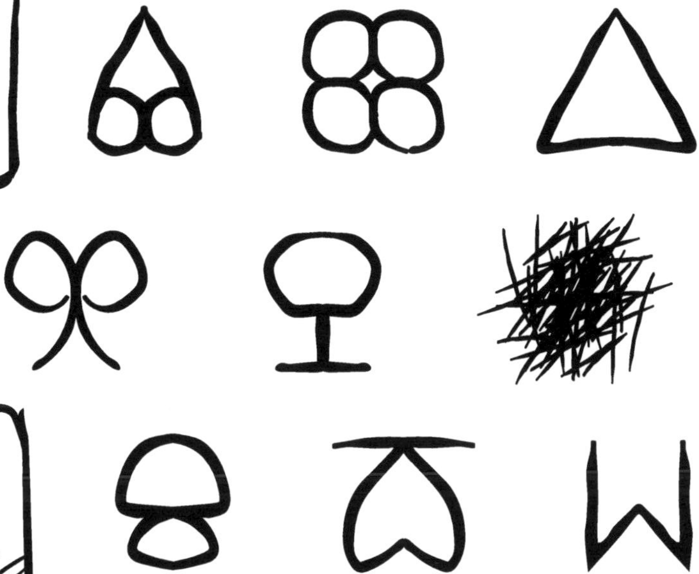

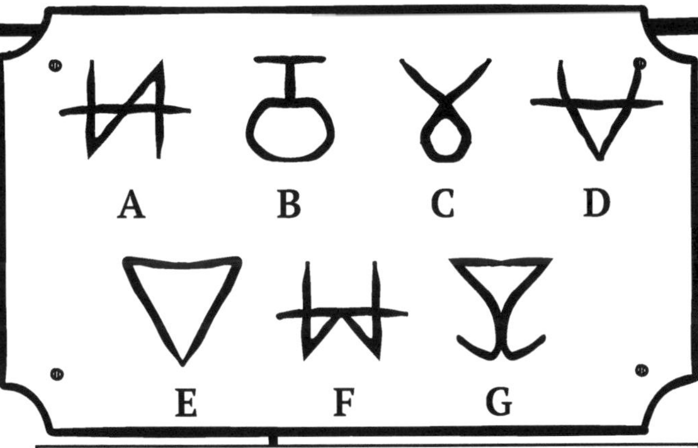

Welches Symbol gehört an die verkratzte Stelle? Kreist es ein und nutzt den Buchstaben für das Code-Schloss.

Hinweise auf Seite 115

Antwort	A	B	C	D	E	F	G
Seite	76	52	44	40	36	28	22

22. Ein Plan zur Flucht

Das Rätsel ist gelöst, doch die Wand lässt sich nicht bewegen. Offenbar blockiert noch etwas von der anderen Seite die Mechanik.

»Wir sind hier drin gefangen«, stellt der Franzose nüchtern fest.

»Nicht ganz«, wirft Lord Ruthven ein und zeigt auf das Loch, wo zuvor der Tisch stand. Bei genauerer Betrachtung erkennt Ihr, dass das Loch eine Steintreppe birgt.

falsche Antwort

»Vermutlich ist das der einzige Ausgang«, meldet sich Dragutin, der bisher in einer Ecke des Raumes stand und die Situation genau beobachtet hat. »Wir können hier verweilen und hoffen, dass Hilfe eintrifft. Doch vermute ich, das wird nicht geschehen. Wir sind hier in der wilden Walachei. Weit entfernt von dem nächsten Gasthaus oder jemandem, der uns helfen könnte. Wir sollten also die Chance nutzen und diese Treppe benutzen, wo auch immer sie hinführen mag.«

Es entsteht eine hitzige Diskussion, ob man nicht lieber im Speisesaal verbleiben, oder die Flucht nach vorn antreten solle.

Nach langer Beratschlagung verständigt man sich, dass Ihr, Lord Ruthven, Herr Dragutin und Monsieur Maupassant der

Treppe folgt. Herr von Aarenberg würde bei seiner Gemahlin im Speisesaal bleiben. Auch Signor Pasolini und Frau Piłsudski würden hier warten.

Frau Piłsudski wendet sich an Euch: »Seid vorsichtig. Ich habe ein ungutes Gefühl. Irgendwie schien mir der Graf sehr bekannt vorzukommen.«

Zu viert schreitet Ihr die Treppe hinab. Doch ehe Ihr Euch verseht, endet Euer Fluchtversuch schon fast. Am Ende der Treppe versperrt Euch ein Gitter den Weg.

Ein riesiges Schloss mit Buchstaben klemmt am Riegel. Um es zu öffnen, müsst Ihr offenbar den richtigen Buchstaben auswählen. An der Wand erkennt Ihr scheinbar wahllos angeordnete Buchstaben in drei Reihen. Dahinter eine Lücke.

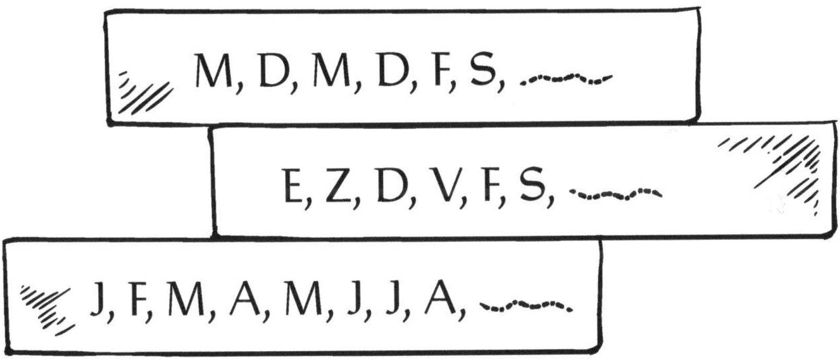

Welcher Buchstabe öffnet das Schloss? Notiert ihn im Feld.

Hinweise auf Seite 117

Antwort	A	B	C	D	E	F	G	H	I	J	K	L	M	N	O	P	Q	R	S	T	U	V	W	X	Y	Z
Seite	172	12	133	45	146	22	98	64	89	158	31	114	36	81	94	49	122	81	86	14	102	52	164	45	144	70

23. Die dunklen Katakomben

Das hat geklappt. Ihr könnt das Schloss öffnen und den Riegel beiseiteschieben. An den Wänden sind brennende Fackeln befestigt. Wenigstens ein kleiner Lichtblick in dieser verworrenen Situation. Jeder von Euch greift zu einer Fackel. Gemeinsam schreitet Ihr den Gang entlang.

falsche Antwort

»Haltet Ihr es für möglich, dass der Mörder einer von uns ist?«, unterbricht Monsieur Maupassant die Stille.

»Es wäre möglich, doch könnte es auch jemand anderes gewesen sein«, antwortet Dragutin. »Schließlich wurde der Raum verschlossen und auch von den Bediensteten eilte niemand zu Hilfe. Das Ganze hat einen ganz üblen Nachgeschmack.«

Ihr folgt dem Gespräch nur oberflächlich. Eure Aufmerksamkeit gilt vielmehr den Wänden. Seltsame Figuren und Objekte sind darauf zu finden. Von Wesen, die Euren Albträumen entsprungen sein könnten. Diese Burg, da seid Ihr Euch sicher, beherbergt ein größeres Geheimnis.

Am Ende des Tunnels gelangt Ihr an eine Kreuzung. Vor Euch auf dem Boden findet Ihr eine seltsame Gravur mit einer Botschaft:

Kacheln ohne Sinn und Verstand,
doch was den Weg weist,
ist darin verborgen.

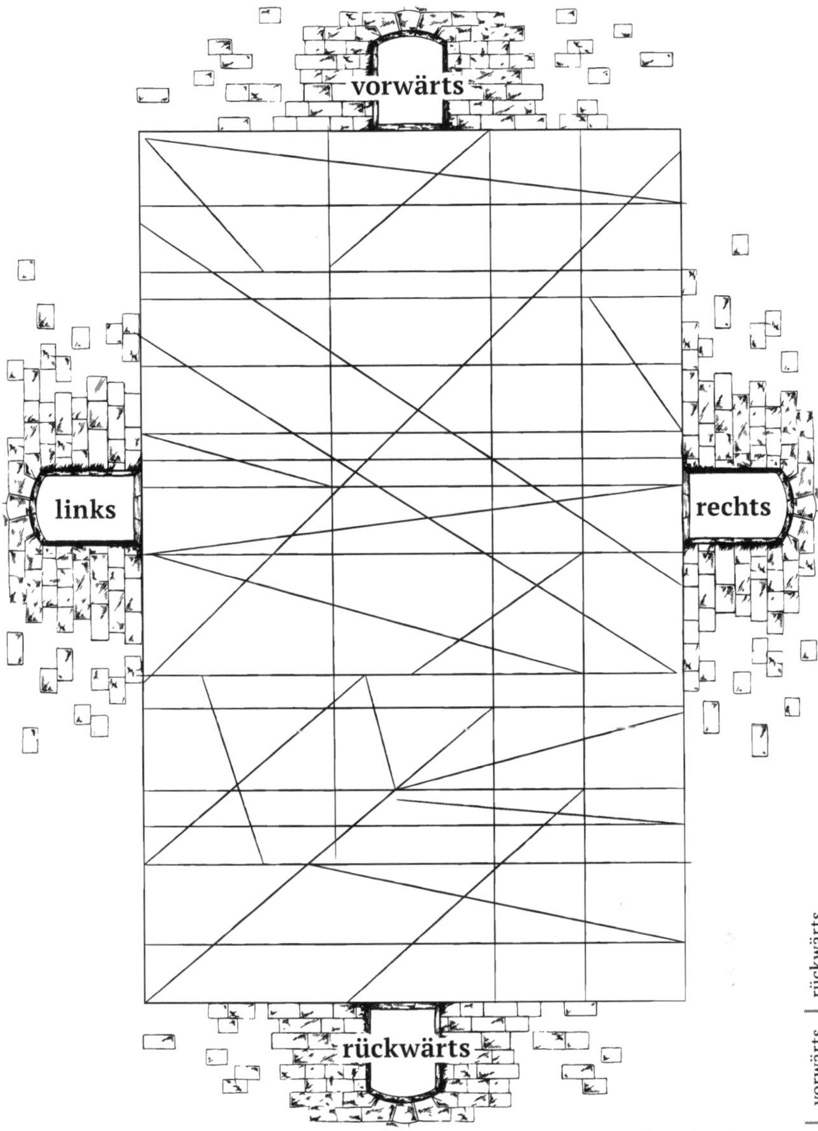

In welche Richtung solltet Ihr Euch fortbewegen? Schreibt sie in das Feld.

Hinweise auf Seite 119

Antwort	links	rechts	vorwärts	rückwärts
Seite	154	60	22	108

24. Der Knochenfob

Ihr folgt Eurer Eingebung. Offenbar war es der richtige Weg. In nicht allzu weiter Ferne seht Ihr Licht flackern. Als Ihr der Lichtquelle näherkommt, schreckt Ihr und Euer Gefolge auf.

»*Mon Dieu*«, entfährt es Monsieur Maupassant. »Welch grausame Taten wurden auf dieser Burg nur vollbracht?«

Vor Euch liegen etliche Knochen und Schädel, aufgetürmt zu Pyramiden.

»Ich bin nicht daran interessiert, es herauszufinden«, gesteht Lord Ruthven. »Mein einziges Interesse gilt einem Weg, der nach draußen führt.«

»Dies dürfte nicht so leicht sein«, wirft Monsieur Maupassant ein und zeigt auf eine stählerne Tür vor Euch. »Hier will jemand, dass niemand diesen Ort verlässt. Auch diese Tür ist verschlossen.«

»Aber immerhin gibt es ein Zahlenschloss«, entgegnet Lord Ruthven. »Sie lässt sich also öffnen. Wir sollten uns umsehen, ob wir einen Hinweis finden.«

Gemeinsam durchsucht Ihr den Raum. Während die anderen angewidert die Schädel mit den Füßen zur Seite bewegen, ist für Euch als Arzt der Anblick eines menschlichen Schädels nicht traumatisch. Ihr verwendet Eure Hände und seid mit dieser Methode deutlich schneller. Als Ihr einen der Schädel anhebt, erkennt Ihr darauf Gravuren.

richtige Antwort – blättert auf Seite 160 und notiert Euch die erspielten Münzen.

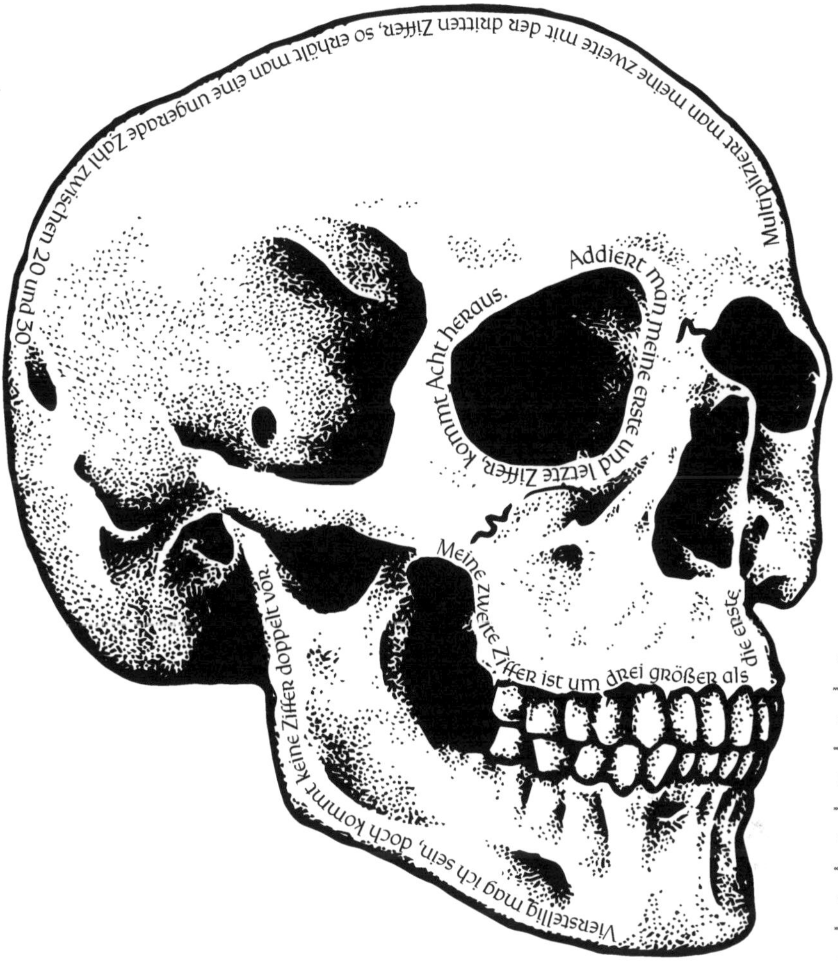

Wie lautet die gesuchte Kombination? Verwendet die zweite Ziffer für das Code-Schloss. ☟

____ ____ ____ ____

Hinweise auf Seite 121

Antwort	0	1	2	3	4	5	6	7	8	9
Seite	146	136	114	102	89	77	60	52	45	43

25. Getrennte Wege

Das Schloss öffnet sich, wenn auch mit Mühe. Das alte Eisen ist hier unten vor lauter Feuchtigkeit ganz schön verrostet.

Vor Euch bahnt sich ein weiterer Gang. Gemeinsam geht Ihr ihn entlang, bis Ihr an eine Gabelung kommt.

»Was nun?«, fragt Dragutin.

»Wir sollten uns aufteilen«, sagt Monsieur Maupassant. »So haben wir am ehesten die Chance, den Ausgang zu finden und von hier zu verschwinden. Ich schlage also vor, dass wir uns paarweise aufteilen. Wenn eine Gruppe den Ausgang findet, kehrt sie zum Speisesaal und den anderen Gästen zurück und wartet auf die anderen. Ich werde mit Herrn van Helsing den linken Gang erkunden. Sie Lord Ruthven gehen mit Herrn Dragutin rechts entlang.«

Lord Ruthven will gerade widersprechen, da tritt Dragutin schon in den rechten Gang ein. Mürrisch folgt er ihm.

Ihr und Monsieur Maupassant schreitet gemeinsam den linken Gang entlang. Täuscht Ihr Euch oder wird es hier unten immer kühler?

falsche Antwort

Nach wenigen Minuten kommt Ihr wieder zu einer Kreuzung. Diesmal teilt sich der Weg in fünf Richtungen auf. Vor jedem Gang prangt ein großer Bogen mit seltsamen Zeichen darauf.

»Wir müssen uns wohl nun auch noch trennen«, sagt Monsieur Maupassant mit Ehrfurcht.

Ihr beschwichtigt mit den Worten, dass dies nicht nötig sei, da der richtige Weg erkennbar sei und erhellt mit Eurer Fackel weitere Symbole am Boden.

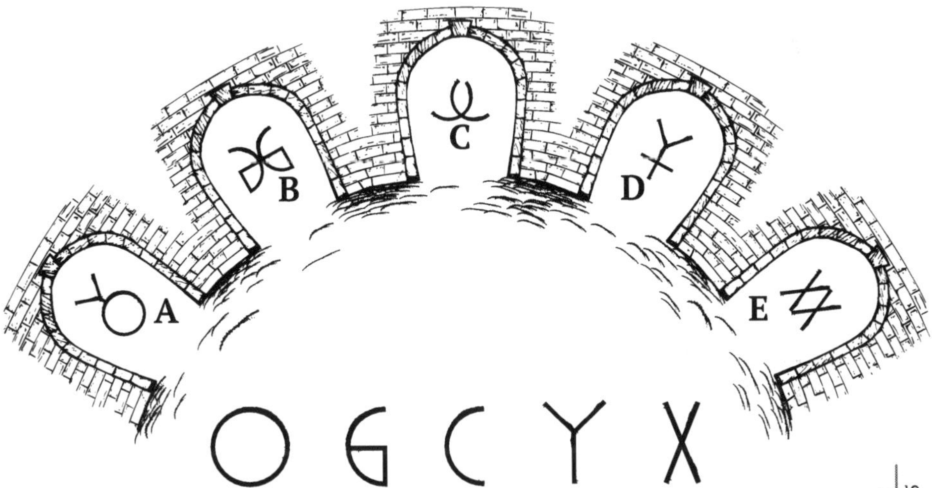

Welches Symbol setzt die Reihe logisch fort? Schreibt den entsprechenden Buchstaben in das Feld.

Hinweise auf Seite 123

Antwort	A	B	C	D	E
Seite	73	64	52	47	35

26. Der Raum der Unendlichkeit

Ihr folgt dem Gang. Was ist das? Ihr erkennt ein kleines Glimmen nicht weit entfernt in der Dunkelheit. Sind das etwa die anderen? Eure Schritte werden schneller. Auch die anderen scheinen Euch bemerkt zu haben. Sie kommen deutlich schneller auf Euch zu. Ihr könnt zwei Umrisse erkennen. Es müssen also zwei Personen sein. Ihr fangt an zu rennen. Auch die anderen setzen zur Hast an. Nur noch wenige Meter, dann trefft ihr aufeinander.

Moment, was ist das? Ehe Ihr die anderen erreicht, findet Ihr Euch in einem riesigen Gewölbe wieder. Der Raum scheint unendlich zu sein. In der Dunkelheit leuchten Hunderte von kleinen Fackeln an allen Seiten. Auch die anderen scheinen stehen geblieben zu sein.

Als Ihr Euch weiter umschaut, dämmert es Euch und Monsieur Maupassant: Das Gewölbe ist gar nicht so groß, wie es scheint. Es ist komplett verspiegelt. Die Wände, die Decke, ja auch der Boden: Alles ziert ein riesiger Spiegel. In Wirklichkeit seid Ihr selbst die anderen gewesen. Euer Spiegelbild hat Euch getäuscht. »*Quelle surprise*«, murmelt Monsieur Maupassant vor sich hin. »Warum in aller Welt baut jemand so etwas?«

Gemeinsam sucht Ihr den Raum nach einem Ausgang ab. Doch es lässt sich nichts finden. Nur eine Steintafel voller Einkerbungen mit wirren Namen hängt vor einer Spiegelwand. Da kommt Euch eine Idee: Ein Name hat eine Besonderheit, die ihn von den anderen unterscheidet …

falsche Antwort

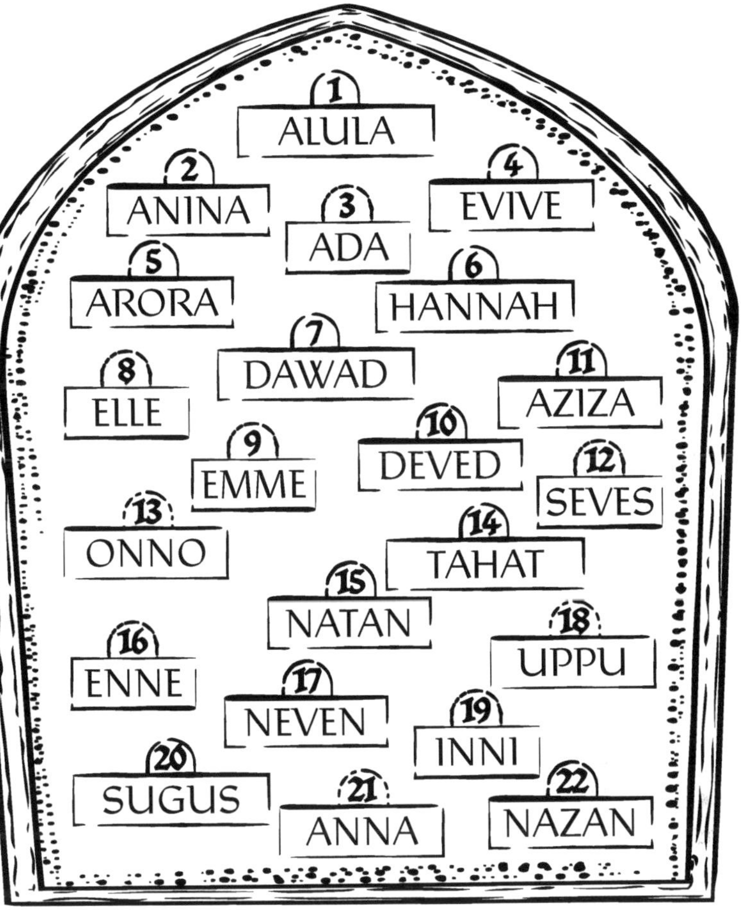

Welcher Name ist gesucht? Schreibt ihn in das Feld und nutzt seine Nummer für das Code-Schloss.

☞ ______________________________

Hinweise auf Seite 125

Antwort	1	2	3	4	5	6	7	8	9	10	11	12	13	14	15	16	17	18	19	20	21	22
Seite	22	38	44	10	60	87	58	73	46	70	81	94	88	91	12	14	52	96	84	75	64	32

27. Die Kurbel des Schicksals

Ihr berührt die Einkerbung und vernehmt ein Knacken. Ehe Ihr begreift, was gerade geschieht, wird alles dunkel. Eine Wucht zieht Euch nach unten. Für Euch vergeht eine Ewigkeit, doch es sind nur Sekunden. Im nächsten Moment erfolgt ein Aufprall, dann umschlingt Euch eine eisige Kälte. Euer Atem stockt.

Ihr versucht Eure Sinne wieder zu sammeln, Euer Verstand kehrt zurück und Euch wird klar: Ihr müsst in einen tiefen Brunnen gefallen sein. Ihr stoßt Euch an der Seite ab und mit einem unbändigen Lechzen nach Luft gelangt Ihr an die Oberfläche. Es bleibt nicht viel Zeit, um die Situation zu begreifen. Im Spiegelgewölbe muss sich eine Falltür unter Euch geöffnet haben. Von Monsieur Maupassant ist nichts zu sehen. Offenbar ist er nicht in die Falle geraten.

Ihr blickt nach oben. Das Loch, durch das Ihr gefallen seid, schließt sich mit einer Steinplatte. Ihr seid in diesem Brunnen gefangen. Zu allem Überfluss steigt das Wasser immer weiter an. Gleich wird es bis zur Decke reichen und Euch den Atem abschneiden. Ihr müsst schnell handeln.

Da seht Ihr bei einer kleinen Fackel, die den Brunnen erhellt, einige Zahnräder. Darauf zu erkennen sind einige Pfeile und eine Gravur. Eine Kurbel ist am kleinsten Zahnrad befestigt. Das Wasser steigt immer weiter an und erlischt die Flamme. Alles ist stockfinster. Ihr ertastet die Kurbel und wisst: Jetzt muss es schnell gehen. Das Wasser reicht bis zur Decke und Ihr habt keine Luft mehr, um zu atmen.

richtige Antwort – blättert auf Seite 82 und notiert Euch die erspielten Münzen.

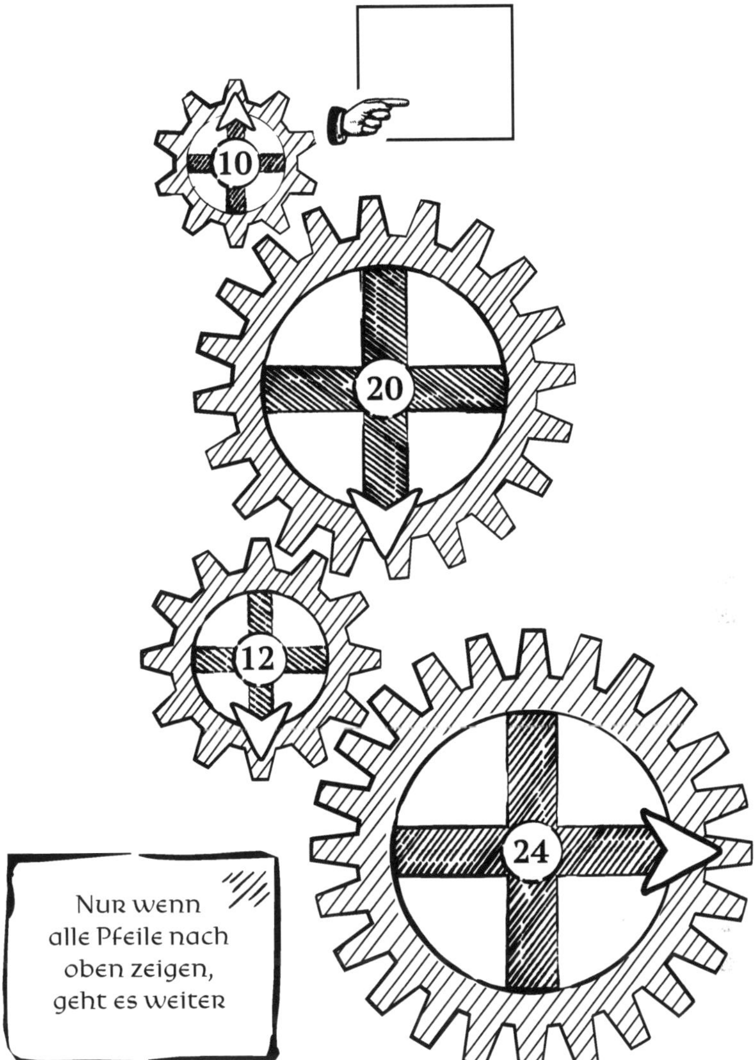

Wie häufig müsst Ihr das kleine Zahnrad um sich selbst drehen, damit die Pfeile auf allen Zahnrädern nach oben zeigen? Schreibt Eure Antwort in das Feld.

Hinweise auf Seite 127

Antwort	Seite
1	40
2	44
3	46
4	52
5	56
6	58
7	60
8	64
9	66
10	70
11	73
12	75
13	79
14	82
15	84
16	87
17	90
18	94
19	96
über 19-mal	98

28. Der unmögliche Tag

Das war knapp. Mit den letzten Reserven bringt Ihr die Zahnräder in die richtige Position. Jäh öffnet sich eine kleine Klappe und das Wasser fließt ab. Ihr bückt Euch und zwängt Euch durch die Klappe.

Ist das etwa frische Luft? Es braucht einen Moment, bis sich Eure Augen an die neue Umgebung gewöhnen. Tatsächlich, Ihr seid draußen. Für einen kurzen Moment packt Euch ein Gefühl der Hoffnung, dem Albtraum entkommen zu sein.

Erst jetzt erkennt Ihr, wo Ihr Euch befindet. Auf dem Friedhof der Burg. Das helle Licht des Vollmonds erhellt die zahlreichen Grabsteine. Ihr schaut Euch weiter um. Der Friedhof ist von einer meterhohen Mauer umschlossen. Es wäre unmöglich, sie allein zu erklimmen. Ihr seht Euch um und erkennt die Burg in einiger Entfernung. In manchen Fenstern flackert in der Dunkelheit Kerzenschein. Wäre es zu vermessen, hier auszuharren und die anderen ihrem Schicksal zu überlassen? Natürlich wäre das keine Option für Euch.

falsche Antwort

Ihr streift an der Mauer des Friedhofs entlang, um einen Ausgang zu finden. Nachdem Ihr sie einmal im Kreis abgelaufen seid, müsst Ihr Euch eingestehen, dass es keinen Ausweg gibt. In der Mitte seht Ihr ein Mausoleum emporragen. Ihr nähert Euch und inspiziert es. Der Eingang ist jedoch von einer schweren Marmorplatte verschlossen.

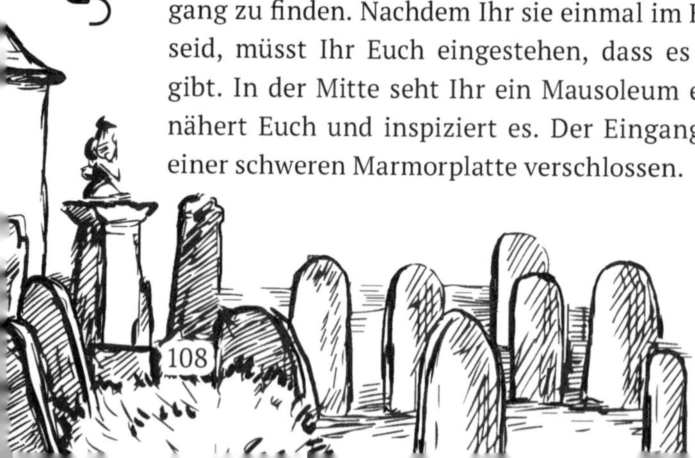

Hier ist kein Weiterkommen. Solltet Ihr versuchen, den Weg zurückzugehen? Plötzlich fällt Euch etwas auf. Im Mondlicht scheint ein Grabstein im wahrsten Sinne zu leuchten. Ihr tretet heran und erkennt, dass der Grabstein keine Daten eines Verstorbenen aufzeigt. Stattdessen ist eine Nachricht und ein Symbol eingraviert.

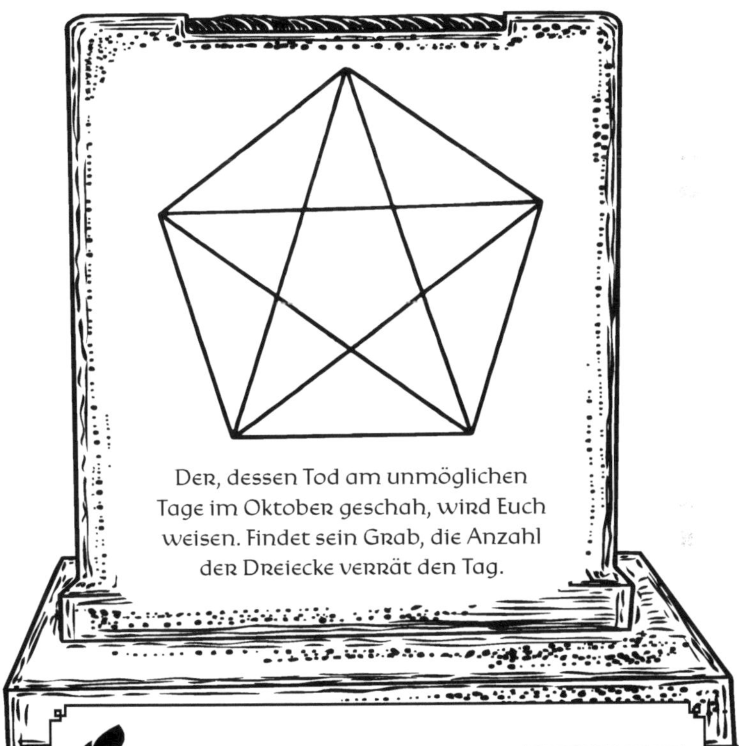

Welcher Kalendertag ist gesucht? Schreibt ihn in das Feld.

Hinweise auf Seite 129

Antwort	Seite
unter 20	60
20	58
21	56
22	10
23	12
24	14
25	18
26	22
27	30
28	32
29	36
30	38
31	40
32	44
33	46
34	48
35	50
über 35	52

29. Der Weg des Talismans

Ihr haltet also nach einem Grab Ausschau, dessen Todestag der 35. Oktober ist. Ein unmögliches Datum und dennoch scheint Euch in dieser Gegend nichts mehr zu überraschen.

Ihr geht die Gräber ab. In der Ferne hört Ihr die Rufe von Eulen. Was würdet Ihr nur dafür geben, Flügel wie eine Eule zu haben, um der hohen Mauer einfach zu entfliegen. Sowie Eure Gedanken abschweifen, erkennt Ihr es. Ein großer Stein aus hellem Marmor – genau wie das Mausoleum – trägt die gesuchten Daten.

Ihr untersucht den Grabstein nach weiteren Hinweisen und findet eine kleine Einkerbung in Form eines halben Herzens. Die Kerbe kommt Euch so vertraut vor, als hättet Ihr sie erst kürzlich gesehen. Aber ja, kommt es Euch in den Sinn, der Talisman aus der Kutsche hat eine Herzform. Ihr tastet Eure Hosentasche ab. Zum Glück. Der Talisman befindet sich noch darin. Ihr nehmt ihn in die Hand und drückt ihn in die Kerbe. Ein lautes Poltern ertönt. Irgendetwas muss sich bewegt haben. Ihr schaut Euch um und erkennt: Der Eingang zum Mausoleum ist frei.

Ihr könnt nicht anders und tretet ein. Wieder wird der Raum von Fackeln geziert. Ihr erkennt vier Torbögen mit Treppen, die nach unten führen. An der Wand findet Ihr eine Inschrift.

richtige Antwort – blättert auf Seite 36 und notiert Euch die erspielten Münzen.

Das Böse lockt mit großer List,
doch der Natur – mit all ihren Windungen –
widerstrebt sein Gift.

Was hat diese Inschrift zu bedeuten und welches Tor solltet Ihr durchschreiten? Schreibt den Buchstaben in das Feld.

Hinweise auf Seite 131

Antwort	A	B	C	D
Seite	31	33	35	38

30. Im Herzen des Mausoleums

Ihr steigt die Gruft hinab. Plötzlich rüttelt es hinter Euch. Ihr blickt Euch um und erkennt: Das Tor, durch das Ihr gerade geschritten seid, ist nun verschlossen. Es führt kein Weg zurück, nur noch nach vorne. Dennoch, ein inneres Gefühl sagt Euch, dass Ihr Euch auf dem richtigen Weg befindet.

Am Ende der Treppe betretet Ihr einen sechseckigen Raum. In der Mitte befindet sich eine große Statue. Sie bildet einen Mann ab, in dessen Armen eine Frau liegt und der sie auf den Nacken küsst. Welch komisches Kunstwerk an diesem Ort.

Ihr betrachtet die sechs Wände des Raums. Eine jede Wand scheint einen Vers zu enthalten. Ihr tretet an jede Wand heran und befreit sie von zahlreichen Spinnweben. Nun könnt Ihr die Verse lesen:

Hier haust der Fürst der Finsternis

Verschmäht ist alles Heilige
der Rechtschaffenden

Eine irdische Waffe ihn nicht umbringen,
gar verletzen kann

Kein Spiegel kann in der Chronik der Zeit
ihn fangen

Das Blut des Menschen ihm hilft,
die Kräfte seiner Opfer zu erlangen

So wird Graf Dracula noch
tausend Jahre leben

falsche Antwort

Euer Atem stockt. Soll dies die Wahrheit sein? Euer Verstand widersetzt sich. All das wäre wider den Naturwissenschaften, an die Ihr so glaubt. Euer Herz pocht. Was, wenn auch nur ein Fünkchen Wahrheit in der Botschaft steckt?

Ihr schaut noch einmal die Wände an. Da erkennt Ihr es. Die große Statue in der Mitte zeigt keinen küssenden Mann. Tatsächlich küsst er die Frau nicht. Er beißt sie! Am Sockel der Statue findet Ihr sechs Symbole und die Inschrift:

Welches Symbol ist gesucht?
Kreist es ein.

Hinweise auf Seite 133

Antwort						
Seite	49	52	58	64	68	75

Abschluss Kapitel III

Ihr berührt den sündigen Apfel. Etwas lässt den Boden erzittern. Die Statue beginnt zu wackeln. Der Marmor bekommt Risse. Mit einem lauten Poltern fällt der Kopf des Mannes ab. Plötzlich fährt der Rest der Statue nach unten und gibt einen Gang frei.

Wenn der Fürst wirklich unsterblich ist, kann der Gastgeber des Dinners unmöglich der echte Graf Dracula gewesen sein. Jeder schwebt in großer Gefahr. Ihr müsst die anderen warnen. Schnell!

Zwischenstopp

Ihr habt Kapitel III abgeschlossen.
Zählt die verdienten Münzen aus den Rätseln 21 bis 30 (Seite 116 bis 134) zusammen.

Notiert sie Euch hier im Feld und fahrt anschließend mit der Geschichte auf Seite 135 fort.

falsche Antwort

Hinweise

21. Der einzige Ausweg

1 Dreht die Darstellung auf den Kopf. Vielleicht wird es so leichter für Euch, es zu erkennen.

2 Das Symbol oben rechts (wenn Ihr die Seite auf den Kopf dreht) sieht aus wie eine Acht. Es ist zwar eine Zahl dargestellt, aber keine Acht, sondern eine Drei.

3 Ist Euch schon die Symmetrie der Symbole ins Auge gefallen? Wenn Ihr bei jedem Symbol an der gleichen Stelle eine Linie einzeichnet, liegt die Lösung vor Euren Augen.

Kehrt zum Rätsel auf Seite 94 zurück.

Die Antwort könnte richtig sein. Vergleicht sie mit der Lösung auf Seite 88.

Lösung

21. Der einzige Ausweg

Das gesuchte Symbol trägt den Buchstaben F. Bei den Symbolen handelt es sich um gespiegelte und auf den Kopf gestellte Ziffern von 1 bis 9. An die gesuchte Stelle gehört das Symbol mit der gespiegelten 4.

falsche Antwort

Tragt Eure verdienten Münzen ein und fahrt mit der Geschichte auf Seite 96 fort.

Hinweise

22. Ein Plan zur Flucht

1 Gesucht wird ein Buchstabe, der in alle Lücken eingesetzt werden kann.

2 Jede Reihe hat eine neue Logik und doch sind die Reihen miteinander verbunden.

3 Man kann mit den Buchstaben ein Datum schreiben.

Kehrt zum Rätsel auf Seite 96 zurück.

Lösung

22. Ein Plan zur Flucht

Der Buchstabe S passt in alle Lücken. Jede Zeile nutzt den Anfangsbuchstaben, um ein Datum zu schreiben.

In der ersten Zeile sind es die Anfangsbuchstaben der Wochentage:
Montag, **D**ienstag, **M**ittwoch, **D**onnerstag, **F**reitag, **S**amstag, **S**onntag

In der zweiten Zeile sind es die Anfangsbuchstaben von ausgeschriebenen Zahlen:
Eins, **Z**wei, **D**rei, **V**ier, **F**ünf, **S**echs, **S**ieben

In der dritten Zeile sind es die Anfangsbuchstaben der Monate:
Januar, **F**ebruar, **M**ärz, **A**pril, **M**ai, **J**uni, **J**uli, **A**ugust, **S**eptember

Tragt Eure verdienten Münzen ein und fahrt mit der Geschichte auf Seite 98 fort.

Hinweise

23. Die dunklen Katakomben

1 Ein geschultes Auge wird eine besondere Form zwischen all den Geraden finden.

2 In all dem Linienwirrwarr versteckt sich ein symmetrischer Pfeil, der sich aus mehreren Kacheln zusammensetzt. Findet ihn.

3 Konzentriert Euch auf die obere Hälfte der Abbildung.

Kehrt zum Rätsel auf Seite 98 zurück.

falsche Antwort

Lösung

23. Die dunklen Katakomben

Ihr solltet den linken Gang nutzen. Wenn Ihr die Linien genau betrachtet, lässt sich darin ein Pfeil erkennen, der nach links zeigt.

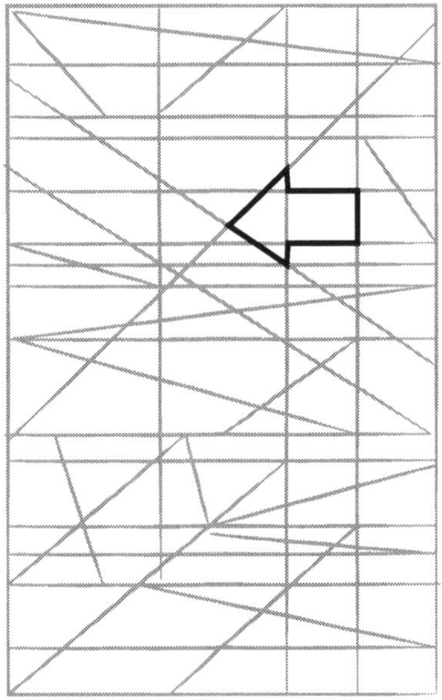

falsche Antwort

Tragt Eure verdienten Münzen ein und fahrt mit der Geschichte auf Seite 100 fort.

Hinweise

24. Der Knochenfob

1 Auf dem Schädel befinden sich vier Zeilen mit Anforderungen an den Code. Es sind gar nicht so viele Rechenkünste notwendig, wie man annehmen könnte. Probiert einfach Kombinationen aus.

2 Konzentriert Euch zunächst auf die erste und die letzte Stelle des Codes. Notiert Euch die Zahlenpaare mit einer Lücke und versucht anschließend die Lücke zu füllen.

3 Die erste Ziffer muss kleiner als sieben sein, da die zweite Ziffer einstellig und um drei größer als die erste ist.

Kehrt zum Rätsel auf Seite 100 zurück.

Lösung

24. Der Knochenjob

Die gesuchte Kombination lautet 6932. Nur bei ihr treffen alle Anforderungen zu.

Die Kombinationen 1467 und 4734 scheinen auf den ersten Blick auch zu passen, sind jedoch falsch: Die mittleren Ziffern ergeben multipliziert eine gerade Zahl oder zwei Ziffern sind doppelt.

falsche Antwort

Tragt Eure verdienten Münzen ein und fahrt mit der Geschichte auf Seite 102 fort.

Hinweise

25. Getrennte Wege

1. Auch wenn die Symbole symmetrisch erscheinen, verstecken sich diesmal keine Buchstaben und keine Ziffern in ihnen.

2. Hilft es Euch zu wissen, dass das erste Symbol einer Null entspricht, das zweite Symbol einer Eins, das dritte einer Zwei, das vierte einer Drei und das letzte Symbol einer Vier?

3. Das Rätsel hat mit dem Anfang und dem Ende jedes Symbols zu tun.

Kehrt zum Rätsel auf Seite 102 zurück.

falsche Antwort

Lösung

25. Getrennte Wege

Symbol D ist gesucht. Die Reihenfolge setzt sich aus den offenen Anfängen/Enden eines jeden Symbols zusammen. Das erste Symbol ist ein Kreis und hat somit kein offenes Ende. Das zweite Symbol hat ein offenes Ende, das dritte Symbol zwei und so weiter.

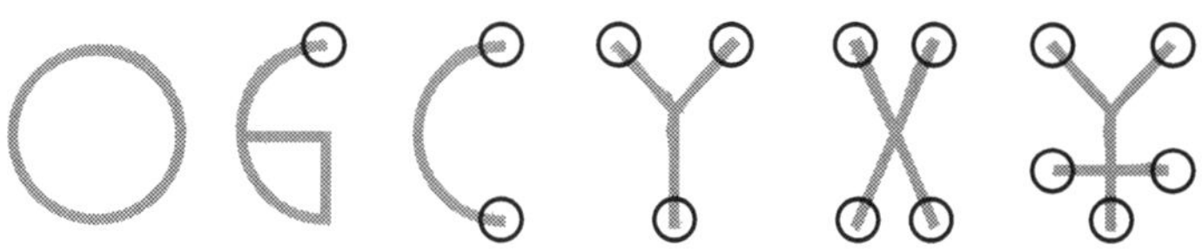

Tragt Eure verdienten Münzen ein und fahrt mit der Geschichte auf Seite 104 fort.

falsche Antwort

Hinweise

26. Der Raum der Unendlichkeit

1 Ist Euch schon aufgefallen, dass jeder Name von vorn wie auch rückwärts gelesen werden kann? Und dennoch gibt es neben dieser Gemeinsamkeit einen Namen, der sich von allen anderen unterscheidet.

2 Kommt Euch der Raum nicht merkwürdig vor? Vielleicht hilft es, einen Spiegel zurate zu ziehen.

3 Gesucht wird der Name, der selbst im Spiegel betrachtet, korrekt dargestellt wird.

Kehrt zum Rätsel auf Seite 104 zurück.

richtige Antwort – blättert auf Seite 166 und notiert Euch die erspielten Münzen.

Lösung

26. Der Raum der Unendlichkeit

Der Name »TAHAT« (Nr. 14) ist gesucht. Er ist der einzige Name, der auch im Spiegel betrachtet gleich gelesen werden kann. Zwar können auch die anderen Namen sowohl vor- als auch rückwärts gelesen werden, doch ist bei ihnen mindestens ein Buchstabe im Spiegelbild verkehrt.

falsche Antwort

Tragt Eure verdienten Münzen ein und fahrt mit der Geschichte auf Seite 106 fort.

Hinweise

27. Die Kurbel des Schicksals

1. Wenn sich das kleine Zahnrad um einen Zahn dreht, drehen sich auch alle anderen Zahnräder um einen Zahn.

2. Versucht zunächst zu erkennen, um wie viele Zähne sich jedes Rad drehen muss, damit der Pfeil nach oben zeigt.

3. Das 20er-Zahnrad wird sich 4,5-mal drehen.

Die Antwort könnte richtig sein. Vergleicht sie mit der Lösung auf Seite 32.

Kehrt zum Rätsel auf Seite 106 zurück.

Lösung

27. Die Kurbel des Schicksals

Ihr müsst das kleine Zahnrad 9-mal um sich selbst drehen, damit die Schleuse sich öffnet. Wenn Ihr es 9-mal dreht, werden sich alle Zahnräder um 9 × 10 Zähne (90) weiterdrehen.

Das 20er-Zahnrad dreht sich 4,5-mal (90 ÷ 20 = 4,5).
Das 12er-Zahnrad dreht sich 7,5-mal (90 ÷ 12 = 7,5).

Bei beiden Rädern zeigt der Pfeil zunächst nach unten. Das 20er- und 12er-Zahnrad muss daher mindestens eine halbe Drehung machen, damit der Pfeil nach oben zeigt.

Das 24er-Zahnrad dreht sich 3,75-mal (90 ÷ 24 = 3,75).

Da der Pfeil hier nach rechts zeigt, muss das 24er-Zahnrad um eine dreiviertel Drehung gedreht sein, damit der Pfeil nach oben zeigt.

Die Schleuse würde sich auch bei einem Vielfachen von 9 öffnen (18, 27, 36 ...) doch da Ihr nicht mehr atmen könnt, müsst Ihr Euch beeilen. Daher ist die kleinste Anzahl an Umdrehungen gesucht.

Tragt Eure verdienten Münzen ein und fahrt mit der Geschichte auf Seite 108 fort.

Hinweise

28. Der unmögliche Tag

1 Gesucht wird die Anzahl der Dreiecke, die sich in der Zeichnung verbergen. Zählt alle Dreiecke zusammen.

2 Obacht: Große Dreiecke können sich auch aus kleinen zusammensetzen.

3 Es wird ein Kalendertag gesucht, den es unmöglich gibt. Die Zahl muss also größer als 31 (die Anzahl der Tage im Oktober) sein.

Kehrt zum Rätsel auf Seite 108 zurück.

falsche Antwort

Lösung

28. Der unmögliche Tag

Die Aufgabe verlangt von Euch, herauszufinden, wie viele Dreiecke sich im Fünfeck verbergen. Es sind 35, wenn Ihr auch die großen Dreiecke, die sich aus kleinen zusammensetzen, erkennt.

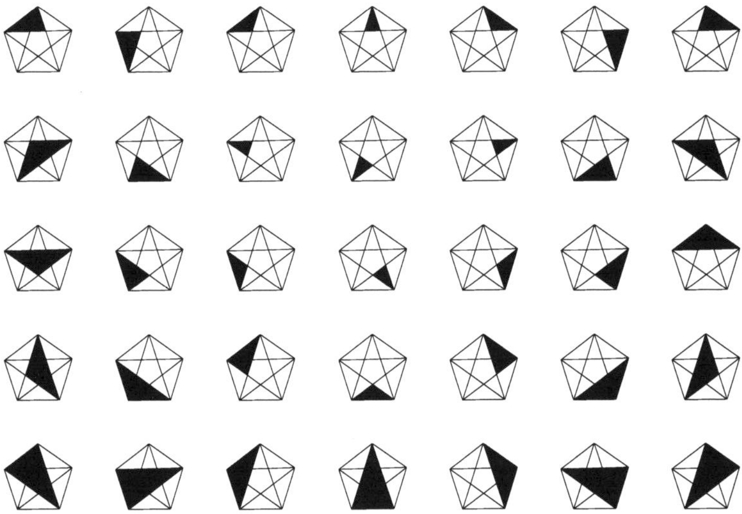

Tragt Eure verdienten Münzen ein und fahrt mit der Geschichte auf Seite 110 fort.

falsche Antwort

Hinweise

29. Der Weg des Talismans

1 Gesucht wird eine Auffälligkeit an einem der vier Tore. Die Symbole auf ihnen könnt Ihr aber getrost ignorieren.

2 Die Nachricht spricht von der »Natur«. Welche natürlichen Objekte könnt Ihr bei den Toren erkennen?

3 Für gewöhnlich haben Hopfenreben eine bestimmte Windung beim Wachsen. Nur ein Tor zeigt Reben in natürlicher Wuchsrichtung.

Kehrt zum Rätsel auf Seite 110 zurück.

richtige Antwort – blättert auf Seite 170 und notiert Euch die erspielten Münzen.

Lösung

29. Der Weg des Talismans

Tor B ist der gesuchte Weg. Es ist das einzige Tor, bei dem die Reben des Hopfens in natürlicher Wuchsrichtung wachsen (von oben betrachtet wachsen Hopfenreben im Uhrzeigersinn).

Bei allen anderen Toren wachsen die Hopfenreben gegen den Uhrzeigersinn, was in der Natur äußerst selten vorkommt.

Die Symbole auf den Toren sind von keiner Bedeutung. Die Inschrift spricht von der »Natur«, womit die Hopfenpflanzen gemeint sind.

Tragt Eure verdienten Münzen ein und fahrt mit der Geschichte auf Seite 112 fort.

Hinweise

30. Im Herzen des Mausoleums

1 In den Versen verbirgt sich in den Wörtern ein Begriff, der Euch hilft. Ihr müsst nur erkennen, welche Wörter gemeint sind.

2 Der Käfer hat sechs Beine. Außerdem spricht die Inschrift von einem Anfang ...

3 Sucht in jedem Vers nach dem sechsten Wort und schaut Euch den Anfangsbuchstaben an.

Kehrt zum Rätsel auf Seite 112 zurück.

Lösung

30. Im Herzen des Mausoleums

Gesucht wird der sündige Apfel. Das Rätsel besteht aus zwei Teilen. Wenn Ihr die kryptische Nachricht richtig deutet, wird von jedem Vers, der Anfang des sechsten Wortes gesucht. Daraus ergibt sich:

Finsternis
Rechtschaffenden
umbringen
Chronik
hilft
tausend

Gesucht wird also eine Frucht. Wenn Ihr die Symbole betrachtet, stellt Ihr fest, dass der Apfel die einzige Frucht unter den Symbolen ist.

Tragt Eure verdienten Münzen ein und fahrt mit der Geschichte auf Seite 114 fort.

Kapitel IV

Das wahre Gesicht der Finsternis

31. Die verworrenen Gleichungen

Ihr hastet den Gang entlang. Er scheint endlos zu sein. Immerhin führt er nur geradeaus und keine Hindernisse versperren Euch den Weg.

Ihr denkt über das Erfahrene nach. Wieso gab sich der Gastgeber als Graf aus? Und warum wurde er ermordet, wenn der echte Dracula es doch auf das Blut abgesehen hat?

So viele Fragen, auf die Euch keine Antworten einfallen. Fürs Erste gilt es nun, einen Weg zurück in den Speisesaal zu finden und die Informationen mit den anderen zu teilen. Ihr zögert noch einmal kurz. Wäre es nicht klüger, einen Weg aus der Burg zu finden und die anderen ihrem Schicksal zu überlassen? Immerhin hat sich die Situation in den letzten Minuten komplett gewandelt.

Aber Ihr rennt weiter den Gang entlang. Die anderen im Stich zu lassen, würde Euch in dieser Situation widerstreben. Schließlich habt Ihr einen Eid darauf geschworen, eines jeden Menschen Leben zu retten.

Ihr gelangt an das Ende des Tunnels. Wieder einmal ist der Weg versperrt. Auf einer Holztafel findet Ihr seltsame Gleichungen.

falsche Antwort

Daneben sind die Ziffern 0 bis 9 in die Wand eingelassen. Es wirkt fast so, als wolle Euch jemand prüfen.

Welche Zahl ersetzt das Fragezeichen? Schreibt sie in das Feld.

Hinweise auf Seite 157

Antwort	0	1–10	11–50	51–100	101–200	201–500	501–1000	1001–1500	über 1500
Seite	134	76	152	102	129	54	146	89	114

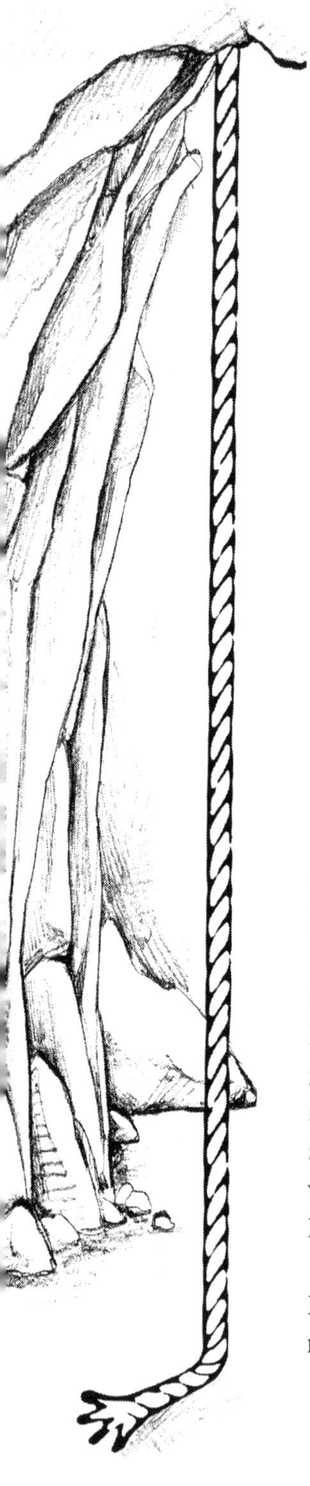

32. Die Pforten der Hölle

Ein Seil fällt herab und Ihr erkennt, dass über Euch ein großes Loch zu sehen ist. Vermutlich ist das Euer Ausweg. Ihr klettert das Seil hinauf und findet Euch in einem bizarren Raum wieder. Offenbar seid Ihr in die Burg zurückgekehrt.

Erneut findet Ihr zahlreiche Spiegel vor. Doch diesmal nicht an den Wänden, sondern inmitten des riesigen Raumes stehen sie wahllos verteilt herum. Die Wände sind voll mit frivolen Zeichen. Ihr blickt Euch um, um einen Überblick zu bekommen. Ihr entdeckt mehrere Ausgänge, doch welchen sollt Ihr wählen? Gerade als Ihr einen beliebigen Ausgang nutzen wollt, erkennt Ihr eine Botschaft auf einer Bordüre:

»Beachtet diese Worte, um Unheil abzuwenden. Nur ein Ausgang führt weiter. Die anderen Ausgänge führen zu den Pforten der Hölle. Betretet sie und Eure Seele wird für immer verdammt sein. Tretet vor einen Spiegel und Euer Ebenbild wird wie ein Pfeil durch den Raum schießen. Der Pfeil wird Euch den richtigen Ausgang weisen.«

Ihr schaut Euch um, doch erkennt keinen Pfeil, nur seltsame Symbole:

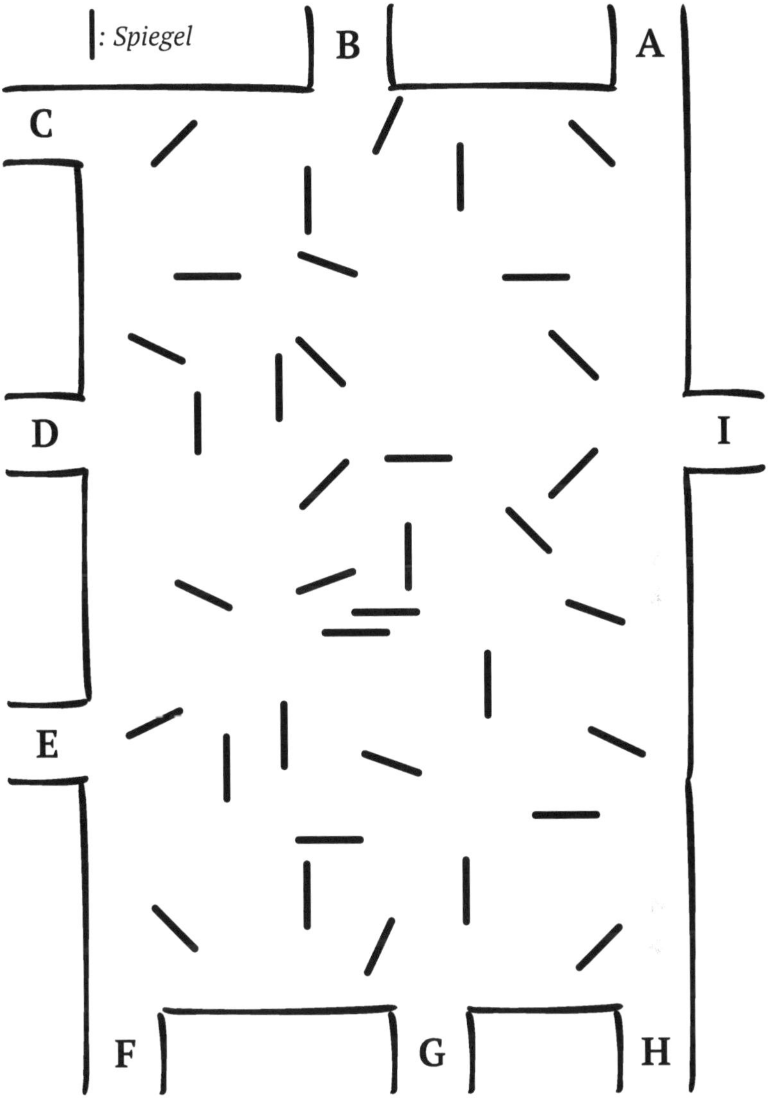

Welchen Ausgang solltet Ihr nutzen? Schreibt den Buchstaben in das Feld.

Hinweise auf Seite 159

Antwort	A	B	C	D	E	F	G	H
Seite	90	94	96	100	104	108	114	116

33. Der verzwickte Pfad

Ihr schreitet durch den Ausgang. Sollte Eure Entscheidung falsch gewesen sein, werdet Ihr Eure Frau und Euren Sohn nie wieder sehen. Zu Eurer Erleichterung gelangt Ihr in einen weiteren Raum. Doch was ist das? Überfällt Euch der Wahnsinn?

Der Raum sieht genauso aus, wie jener zuvor. An den Wänden strahlen Euch wieder frivole Fratzen an. Auch erkennt Ihr, dass es erneut acht Ausgänge gibt. Doch diesmal befinden sich keine Spiegel im Raum. Stattdessen ist der Boden mit großen Kacheln gefliest, auf denen sich je eine Zahl befindet. Auf der ersten Fliese zu Euren Füßen findet Ihr die Aufschrift:

»Nur wer auf dem Weg des Grafen wandelt, wird sicher geleitet. Geht schnell und beachtet folgende Regeln, so wird Euch sicheres Geleit versprochen.

Geht stets so viele Schritte (Kacheln), wie die Zahl, auf der Ihr steht, es Euch vorgibt.

Bewegt Euch horizontal oder vertikal. Aber nie – unter gar keinen Umständen – diagonal. Pro Zug dürft Ihr immer nur in eine Richtung gehen. Ihr dürft Felder mehrmals betreten.

Ihr müsst genau auf einem Ausgangsfeld landen, um sicher zu sein, den richtigen Ausgang zu durchschreiten.«

richtige Antwort – blättert auf Seite 34 und notiert Euch die erspielten Münzen.

				B				A	
C	3	3	2	5	3	2	3	5	
	2	2	4	3	3	1	4	2	
	2	3	2	5	2	3	2	4	
	1	4	2	5	1	4	2	3	
D	4	1	2	2	7	3	4	1	1 Start
	2	3	4	2	6	3	3	2	
	4	5	3	3	3	3	3	8	
	2	3	2	2	4	3	1	1	
E	3	1	4	3	3	3	3	5	
	2	2	3	4	2	4	5	6	
	4	2	1	5	4	2	1	1	
	2	3	2	3	4	2	2	3	
	F				G			H	

Welches ist der gesuchte Ausgang? Schreibt den Buchstaben in das Feld.

Hinweise auf Seite 161

Antwort	A	B	C	D	E	F	G	H
Seite	41	52	64	77	84	96	102	114

34. Das Schloss der Schmerzen

Ihr gelangt zum Ausgang. Nun seid Ihr Euch sicher, wieder in der Burg zu sein. Der Flur ist mit rotem Teppich gesäumt. Euch wird bewusst, dass Ihr Euch zum ersten Mal frei in der Burg bewegen könnt.

Ihr folgt einem hell erleuchteten Gang und biegt ab, als Ihr jemanden an die Wand angelehnt auf dem Boden sitzen seht. Es ist der Diener. Ihr beugt Euch zu ihm und möchtet ihn ansprechen. Doch der Diener nimmt Euch nicht wahr. Seine Augen sind geöffnet und dennoch scheint er zu schlafen. Ihr rüttelt an seiner Schulter, doch er reagiert nicht. Wie in Trance sitzt er schlaff am Boden. Ihr bemerkt ein Schlüsselbund an ihm. Ihr nehmt das Bund an Euch und geht weiter. Ihr habt nicht viel Zeit, schließlich müsst Ihr die anderen warnen.

Bei einer Tür bleibt Ihr stehen. Sie ist schwarz wie Ebenholz. Glatt geschmirgelt und so dunkel, dass kein Kerzenlicht reflektiert wird. Ein Schild neben der Tür macht Euch neugierig: »Arbeitszimmer«. Ihr könnt nicht anders und wollt die Tür öffnen. Verschlossen! Wie gut, dass Euch das Schlüsselbund in die Hände gefallen ist. Ihr probiert einen der Schlüssel aus und steckt ihn ins Schloss. Da widerfährt Euch ein heftiger Schmerz im Arm und Ihr lasst los. Das Bund fällt zu Boden. Verdammt, was war das? Ihr windet Euch vor dem andauernden Schmerz, reißt den Ärmel hoch und schaut Euch Euren Arm an. Wie mit einem Messer eingeritzt, findet Ihr eine Nachricht auf Eurem Arm:

falsche Antwort

Wie um Himmels willen ist sie dort hingekommen? Egal, hinter der Tür muss sich offenbar etwas sehr Wertvolles befinden. Ihr hebt das Schlüsselbund auf und betrachtet die Schlüssel genau. Offenbar ist ein bestimmter gesucht.

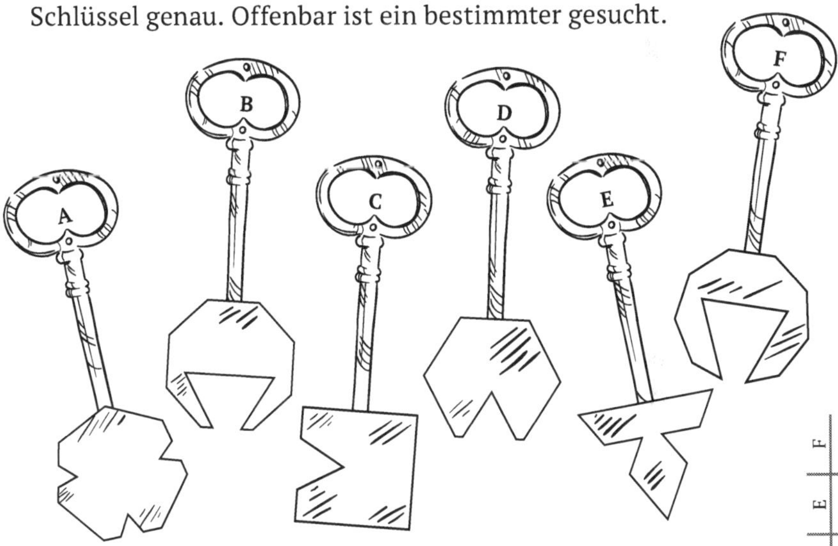

Welcher Schlüssel öffnet die Tür? Schreibt den Buchstaben in das Feld.

Hinweise auf Seite 163

Antwort	A	B	C	D	E	F
Seite	64	70	74	76	79	80

35. Das Arbeitszimmer des Teufels

Es hat geklappt. Ohne einen weiteren Schmerz öffnet sich die Tür. Ihr tretet ein. Im Kerzenschein erkennt Ihr einen großen Schreibtisch. Was Euch auffällt: Der Raum hat keine Fenster.

Auf dem Tisch findet Ihr einige Pergamente. Ihr schaut sie Euch an.

Chroniken der Arbeit
Tag 146.959

Die Hypnose am Diener muss täglich von mir erneuert werden. Sie lässt in letzter Zeit schneller nach als gewohnt. Ich benötige frisches Blut, um wieder zu Kräften zu kommen.

Chroniken der Arbeit
Tag 146.972

Die Gäste sind geladen. Ich habe nur die Weisesten und Schlausten ausgewählt. Aus Ihrem Blut wird Ihr Wissen und Ihre Weisheit auf mich übergehen.

Chroniken der Arbeit
Tag 146.975

Ich habe noch einen besonderen, verpönten Gast aus Österreich eingeladen, Herrn Berger. Er wird meinen vollen Zorn zu spüren bekommen, will er doch am Hofe mir die Ländereien streitig machen.

falsche Antwort

Neben den Pergamenten lagert eine Rolle Papyrus. Offenbar enthält sie eine sehr wichtige Information, denn die Rolle ist mit einem seltsamen Siegel verschlossen. Ihr habt nicht viel Zeit und schaut Euch das Siegel genauer an. Acht Ringe sind in wirrem Muster miteinander verflochten. Da fällt Euch auf: Wenn Ihr nur einen der Ringe aufbrecht, löst sich das Gewirr auf und die restlichen Ringe bilden eine fortlaufende Kette, die Ihr von der Rolle trennen könnt.

Welchen Ring müsst Ihr aufbrechen, damit sich eine Kette bildet? Schreibt den Buchstaben in das Feld.

Hinweise auf Seite 165

Antwort	A	B	C	D	E	F	G	H
Seite	98	102	108	114	117	119	121	125

36. Das wundersame Schlafgemach

Es hat geklappt. Ihr könnt die Rolle entfalten und staunt nicht schlecht. In großen Lettern findet Ihr den Hinweis: »Geheimer Ausgang. Sonnenlicht. Keinesfalls betreten! Gefahr!« unter einer Karte. Doch die Karte beherbergt nur seltsame Quadrate. Ihr entschließt Euch, weiterzugehen und die Karte später mit den anderen zu inspizieren.

Ihr solltet nun zum Empfangszimmer gehen und von dort die Flügeltüren zum Speisesaal mit einem der Schlüssel öffnen. Ihr schreitet weiter den beleuchteten Flur und dessen Abzweigungen entlang. Wieder fällt Euch eine schwarze Tür, dunkler als die tiefste Nacht, auf. Ein Schild verrät Euch:

»Schlafgemach von Graf Dracula. Großvampir und Herr der Ländereien jenseits der Wälder«.

Vorsichtig öffnet Ihr die Tür und betretet den Raum. Zu Eurer großen Verwunderung stellt Ihr fest, dass das einzige Fenster zugemauert wurde. Anstelle eines Bettes – wie man es in einem Schlafgemach erwarten würde – erspäht Ihr einen tiefschwarzen Sarg aus jenem Holz, aus dem auch die Tür gezimmert wurde. Ihr erkennt eine Gravur auf dem Sarg und seht, dass er mit einem Schloss gesichert ist. Etwas Wertvolles muss darin aufbewahrt sein.

falsche Antwort

Erst den Anfang der
Griechen bis
zu ihrem Fünften,
dann die Fuenf der Preußen,
der Rest gehört den Römern

A D I V

U F

B G

X

E N

Wie lautet der Code, um das Schloss zu öffnen? Die zweite Ziffer nutzt Ihr für das Code-Schloss.

___ ___ ___

Hinweise auf Seite 167

Antwort	0	1	2	3	4	5	6	7	8	9
Seite	85	87	89	94	96	98	102	104	108	114

37. Die Chroniken der Finsternis

Der Bügel des Schlosses springt empor und der Sarg lässt sich öffnen. Er ist komplett mit Samt gefüttert und sogar mit einem Kissen ausgestattet. Offenbar nutzt ihn der Graf wirklich, um darin zu schlafen.

Auf dem Futter entdeckt Ihr ein Stück Pergament:

Chroniken der Arbeit
Tag 146.989

Die Hypnose wird nicht nur schwächer, auch wird mein Diener immer vergesslicher. Ich habe ihm schon mehrmals gesagt, dass unter keinen Umständen auch nur der kleinste Sonnenstrahl eindringen darf. Jeder Lichteinfall der Sonne schwächt mich. Heute wäre fast die Sonne durch einen Spalt im Vorhang gedrungen. Der Diener muss für seine Vergesslichkeit nun das Fenster zumauern.

Ein greller Schrei unterbricht jäh Eure Neugier. Endlich habt Ihr Antworten auf Eure Fragen und wisst, womit Ihr den Grafen schwächen könnt. Doch für weiteres Studieren ist keine Zeit. Noch ein greller Schrei ertönt. Ihr hechtet aus dem Schlafgemach in den Flur und vernehmt zahlreiche Stimmen. Das sind die anderen Gäste. Doch wo sind sie? Ihr lauscht an einer der Wände. Der Speisesaal muss sich direkt dahinter befinden. Der Geheimgang ist vermutlich in die Wand eingelassen.

richtige Antwort – blättert auf Seite 78 und notiert Euch die erspielten Münzen.

Ihr erkennt Furchen an der Wand und einen kleinen Kasten. Bestimmt ist dies die Apparatur zur Aktivierung des geheimen Zugangs. Unter der Apparatur befindet sich ein Hinweis. Schnell! Öffnet den Geheimgang.

→ 1	→ 2	↓ 3	→ 4	↑ 5
↑ 6	← 7	↓ 8	↑ 9	← 10
→ 11	↑ 12	→ 13	↓ 14	↑ 15
↑ 16	↓ 17	↓ 18	← 19	↑ 20
↑ 21	← 22	→ 23	→ 24	↑ 25

Ein Quadrat allein, das niemand je nennt,
öffnet den Weg, den kaum jemand kennt,
es ist das erste, das den Pfad beschreibt,
und so den Beginn des Chaos zeigt.

Welches Quadrat müsst Ihr auswählen, damit sich der Geheimgang öffnet? Schreibt die Zahl des Quadrats in das Feld.

Hinweise auf Seite 169

Antwort	1	2	3	4	5	6	7	8	9	10	11	12	13	14	15	16	17	18	19	20	21	22	23	24	25
Seite	124	117	98	134	90	82	126	79	104	84	128	64	77	102	58	96	131	114	60	75	94	88	136	73	108

38. Der Weisheit letzter Schluss

Geschafft! Da Ihr die Wand im Speisesaal von der anderen Seite zuvor schon entriegelt habt, könnt Ihr sie nun zur Seite schieben. Wie erwartet, kommt der Speisesaal zum Vorschein. Zahlreiche verdutzte, ängstliche, aber auch hoffnungsvolle Gesichter schauen Euch entgegen.

»Ihr seid am Leben«, stößt Monsieur Maupassant hervor. »Ich dachte, wir hätten Euch verloren.«

Ihr erkennt, dass alle wieder im Raum sind. Auch Lord Ruthven und Dragutin müssen Ihren Weg zurückgefunden haben. Ihr fragt, was passiert sei.

»Urplötzlich wurde es wieder dunkel und jemand hat versucht, mich anzugreifen«, versucht Frau von Aarenberg die Situation schnell aufzuklären. »Ich griff wild um mich, wodurch sich mein Kreuzmedaillon in meiner Hand verfing und abriss. Da ließ der Angreifer ab von mir und das Licht ging wieder an.«

»Der Mörder muss also jemand von uns hier in diesem Raum sein«, bringt es Herr von Aarenberg auf den Punkt. Auch Ihr wisst das und sogar, wer der wahre Graf Dracula ist.

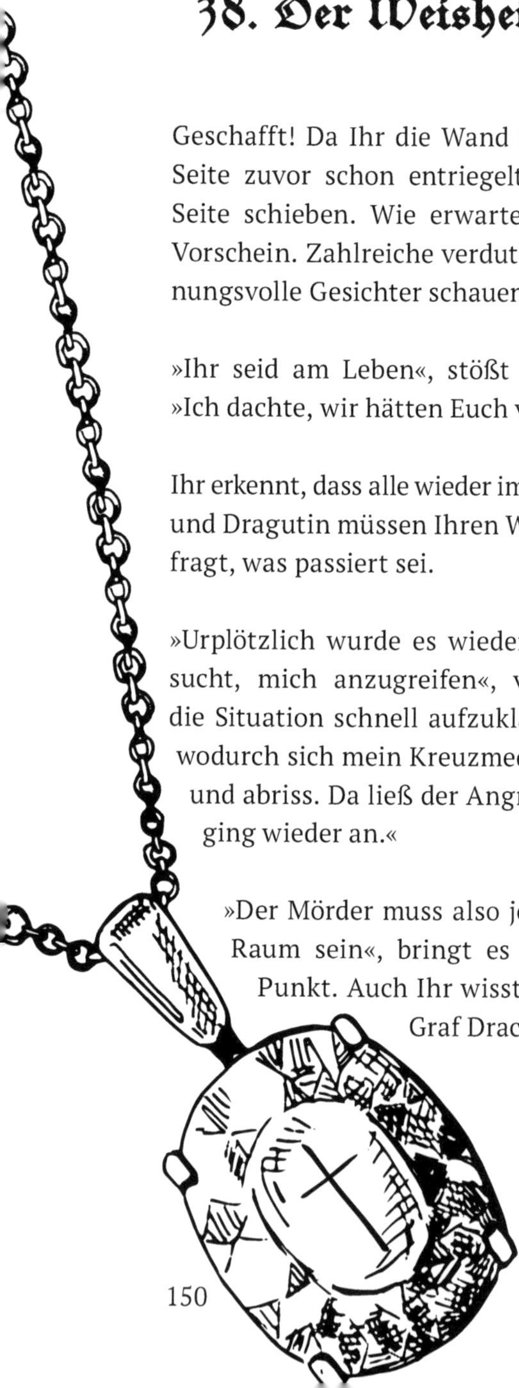

Monsieur Maupassant

Ihr seid diesem Herrn bereits im Zug begegnet. Er scheint sich Euch sehr genau gemerkt zu haben und hat viele Konversationen mit Euch geführt.

Zofia Piłsudski

Mit der Dolmetscherin hattet Ihr nur wenig zu tun. Dank ihrer Arbeit pflegt sie tiefe Kontakte in die Politik, doch könnte das alles auch gut und gerne gelogen sein.

Lord Ruthven

Ein Geschäftsmann aus England. Sein Name mag zwar seltsam klingen, doch sein perfektes Englisch ist des britischen Adels mehr als würdig.

Herr von Aarenberg

Der Mann von Adel prahlte gerne mit seinem Wissen und gab sich vorlaut. Für seinen Stand verhielt er sich meist unwürdig.

Frau von Aarenberg

Die Gemahlin von Herrn von Aarenberg blieb im Speisesaal, als Ihr mit den drei anderen in die Katakomben aufgebrochen seid. Kurz vor Eurer Rückkehr wurde sie angegriffen, doch ihre Kette mit einem Kreuz rettete sie.

Ivan Dragutin

Nicht nur der Finger weniger an seiner Hand, auch der osteuropäische Akzent haben sich fest in Euer Gehirn gebrannt. Dragutin begleitete Euch in die Katakomben, doch hielt sich dort sehr zurück.

Signor Pasolini

Der braun gebrannte Italiener gab an, in der Reederei tätig zu sein. Er war sehr an Euch interessiert. Es wirkte, als wollte er Euch mit seinen zahlreichen, in Rätseln ausgedrückten Geschichten, auf die Probe stellen.

Wer ist Graf Dracula? Geht die Beschreibungen durch und schreibt den Decknamen des Grafen in das Feld.

☞ ______________________

Hinweise auf Seite 171

Antwort	Maupassant	Piłsudski	Ruthven	Herr Aarenberg	Frau Aarenberg	Dragutin	Pasolini
Seite	12	14	16	18	22	30	32

39. Der einzige Ausweg

»Nichts anderes hatte ich von Euch erwartet« gibt sich Lord Ruthven als Graf Dracula zu erkennen. »Jetzt, da Sie alle meine Identität kennen, fürchte ich, dass ich Sie nicht einfach gehen lassen kann.«

»Was soll das?«, ruft Dragutin in die Runde. »Ihr seid Graf Dracula? Wer war dann die Person, die uns begrüßt hat?«

Frau Piłsudski will gerade zu einer Antwort ansetzen, als Herr von Aarenberg plötzlich zu einer Glasscherbe greift, die auf dem Boden liegt. Ehe irgendjemand reagieren kann, rammt er die Scherbe in die Brust des Grafen. Zu Aarenbergs Verwunderung gibt der Graf keinen Ton von sich. Er umklammert Aarenbergs Hand und drückt die Scherbe noch tiefer in seine Brust. Dabei verzieht sich sein Mund zu einer diabolischen Fratze und spitze Eckzähne kommen zum Vorschein.

Euch kommen die Zeilen aus dem Mausoleum in den Kopf und nun haltet Ihr es für wahr. Graf Dracula ist unsterblich. Herr von Aarenberg tritt schockiert nach hinten.

»Sie wissen so wenig«, brüstet sich der Graf. »Ihr Blut koste ich besser nicht.«

Herr von Aarenberg tritt verwirrt einen weiteren Schritt zurück. Seine Frau greift zu ihrem Kreuzmedaillon, um es dem Grafen an den Kopf zu werfen. Doch dieser wehrt den Angriff mit seinem Arm ab, und zerschmettert das Medaillon mit seinem Fuß.

falsche Antwort

Die anderen Gäste verfolgen die Szene ungläubig. Euch fällt ein, dass keiner der anderen von den dunklen Geheimnissen des Grafen und von seiner Unsterblichkeit weiß, außer Ihr.

»Nun, dann werde ich mit dem fortfahren, weswegen ich Sie eingeladen habe. Es wird mir ein Fest sein, die anderen zu verkosten und ihr Wissen in mich aufzusaugen. Seien Sie gewiss: Noch vor dem Morgengrauen bin ich mit dem ›Nachtisch‹ fertig.«

Die anderen schauen angewidert und verunsichert drein. Jetzt müsst Ihr schnell handeln. Doch noch immer strahlt hinter den Vorhängen nur der Mond, die Sonne ist noch nicht aufgegangen …

Was solltet Ihr tun, um Graf Dracula zu besiegen? Schreibt Eure Antwort ★ auf.

____

____

Hinweise auf Seite 173

Dies ist eine Alles-oder-Nichts-Frage. Wenn Ihr meint, die Antwort zu kennen, blättert zur Lösung auf Seite 174. Solltet Ihr allerdings falschliegen, gilt das Rätsel als nicht geschafft und Ihr habt keine weiteren Versuche.

40. Die gehetzte Flucht

Das Mondlicht erzielt seine gewünschte Wirkung. Der Graf schlägt seine Hände vors Gesicht, doch zu spät. Er schreit. Schreie, wie Ihr sie noch nie vernommen habt, und fällt zu Boden.

Die anderen verfallen in Schockstarre. Ein heftiges Beben erschüttert das Gemäuer. Der Kronleuchter löst sich und fällt in das Loch mit der Treppe, in das Ihr bei Eurem ersten Fluchtversuch hinabgestiegen seid. Staub fliegt durch die Luft, alles wackelt und bewegt sich. Noch ein lauter Knall und ein Balken löst sich, der hinabfällt und sich in den Flügeltüren verkantet. Ihr müsst sofort von hier verschwinden. Die Burg stürzt in sich zusammen.

»Alle raus hier, sofort!«, brüllt Signor Pasolini. Die ganze Schar setzt sich in Bewegung und stürmt durch den Geheimgang in die Flure der Burg.

»Aber wohin? Wo befindet sich der Ausgang?« schreit jemand.

Ihr holt die Karte der Burg hervor, die Ihr zwischen Hemd und Brust geklemmt hattet. Während Ihr weiterrennt, blickt Ihr sie an. Die seltsamen Quadrate sollen den Ausweg weisen, doch wo sollt Ihr lang gehen? Ihr gelangt an eine Gabelung mit zahlreichen Fluren. Auf dem Teppich jedes Flures befindet sich ein anderes Symbol. Schnell, es stürzen immer mehr Teile der Decke ein. Welcher Flur ist Eure Rettung?

richtige Antwort – blättert auf Seite 120 und notiert Euch die erspielten Münzen.

Welcher Flur führt Euch in die Freiheit?
Kreist das entsprechende Symbol ein.

Hinweise auf Seite 175

Antwort						
Seite	134	108	92	160	89	124

Abschluss Kapitel IV

»Dort entlang«, brüllt Ihr und zeigt auf einen Gang. Euer Herz pocht, als würden es Pferde antreiben. Alle folgen Euch. Den Überblick über die Situation habt Ihr längst verloren.

Ein Brocken der Decke fällt vor Eure Füße. Wie aus dem Affekt springt Ihr über ihn. Da! Vor Euch ist eine Öffnung. Ihr durchquert sie, rennt immer weiter und weiter. Erst nach einigen Minuten bemerkt Ihr, dass Ihr Euch im Freien befindet.

Erschöpft haltet Ihr an und dreht Euch um. Die anderen haben es auch geschafft. In hunderten Metern Entfernung seht Ihr, wie die Burg in sich zusammenfällt. Eine große Staubwolke steigt empor. Sanfte Strahlen der aufgehenden Sonne verschmelzen mit der Wolke.

Zwischenstopp

Ihr habt Kapitel IV abgeschlossen.
Zählt die verdienten Münzen aus den Rätseln 31 bis 40 (Seite 158 bis 176) zusammen.

Notiert sie Euch hier im Feld und fahrt anschließend mit der Geschichte auf Seite 177 fort.

richtige Antwort – blättert auf Seite 86 und notiert Euch die erspielten Münzen.

Hinweise

31. Die verworrenen Gleichungen

1 Schreibt die Städtenamen in Großbuchstaben auf ein Papier. Könnt Ihr etwas erkennen?

2 Ob Ihr es glaubt oder nicht, die Städtenamen tragen Zahlen in sich.

3 Die Römer benutzten Buchstaben, um Zahlen auszudrücken.

Kehrt zum Rätsel auf Seite 136 zurück.

richtige Antwort – blättert auf Seite 38 und notiert Euch die erspielten Münzen.

Lösung

31. Die verworrenen Gleichungen

Die gesuchte Zahl ist die 500. Wenn die Gleichungen mit Großbuchstaben geschrieben werden, werden römische Zahlen erkennbar (I = 1, X = 10, L = 50, C = 100, D = 500, M = 1000). Die Gleichung bezieht sich auf die römischen Zahlen in dem Wort.

HER**M**ANNSTA**D**T = 1500
JAKOBS**D**ORF = 500
S**C**HÄSSBURG = 100
K**L**AUSENBURG = 50
B**I**STR**I**TZ = 2
KRONSTA**D**T = 500

Da KRONSTADT die römische Ziffer D in sich trägt, ist die gesuchte Zahl 500.

falsche Antwort

Tragt Eure verdienten Münzen ein und fahrt mit der Geschichte auf Seite 138 fort.

Hinweise

32. Die Pforten der Hölle

1 Einige Spiegel sind so angeordnet, dass Euer Spiegelbild in sechs weiteren Spiegeln erscheint, die zusammen die Form eines Pfeils ergeben, wenn Ihr vor einem einzigen Spiegel steht.

2 Für Lichtstrahlen und damit Eure Spiegelung gilt: Wenn sie auf einen Spiegel treffen, ist der Einfallswinkel gleich der Ausfallswinkel. Die Symbole helfen Euch, wie die Winkel bei den entsprechenden Spiegelkonstellationen ausfallen müssen.

3 Versucht am besten mehrere Kombinationen. Startet bei einem Spiegel und zieht eine erste Gerade zu einem anderen Spiegel. Von diesem Spiegel aus, zieht eine zweite Gerade, die den gleichen Ausfallswinkel hat, wie der Einfallswinkel der ersten Geraden. Irgendwann werdet Ihr eine Gruppe bestehend aus sieben Spiegeln finden, deren Geraden die Form eines Pfeils ergeben. Die beiden Spiegel, die nahe am Ausgang I stehen, sind Teil des gesuchten Pfeils.

Kehrt zum Rätsel auf Seite 138 zurück.

Lösung

32. Die Pforten der Hölle

Der gesuchte Ausgang ist D. Eine Gruppe von Spiegeln ist so angeordnet, dass die Spiegelung an die anderen Spiegel weitergegeben wird, die wie ein Pfeil angeordnet sind.

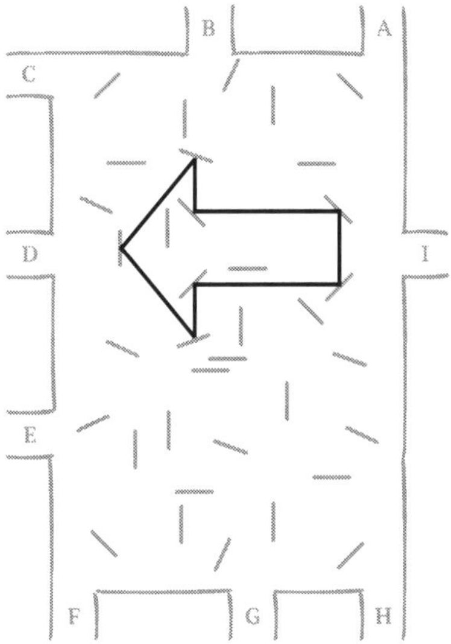

falsche Antwort

Tragt Eure verdienten Münzen ein und fahrt mit der Geschichte auf Seite 140 fort.

Hinweise

33. Der verzwickte Pfad

1 Wenn Ihr auf einem Feld steht, das eine 1 trägt, bedeutet das, dass Ihr Euch genau ein Feld weiterbewegen müsst. Bei einem Feld mit einer 3, müsst Ihr genau drei Felder in eine Richtung weitergehen. Beachtet, dass Ihr während eines Zuges nicht die Richtung wechseln dürft.

2 Ihr müsst den Weg gar nicht am Startpunkt beginnen. Auch ihn rückwärts anzugehen, ist eine Möglichkeit.

3 Wenn Ihr es Euch einfach machen wollt, schaut nur auf die Ausgänge. Es gibt nur einen einzigen Ausgang, der wirklich erreichbar ist.

Kehrt zum Rätsel auf Seite 140 zurück.

falsche Antwort

Lösung

33. Der verzwickte Pfad

Der gesuchte Ausgang ist A. Der Weg mag verworren aussehen, doch gibt es eine ganz einfache Lösung. Nur bei Ausgang A gibt es ein Feld, von dem aus der Ausgang mit der angegebenen Anzahl erreicht werden kann. Bei allen anderen Ausgängen würdet Ihr nie genau auf dem Ausgangsfeld landen.

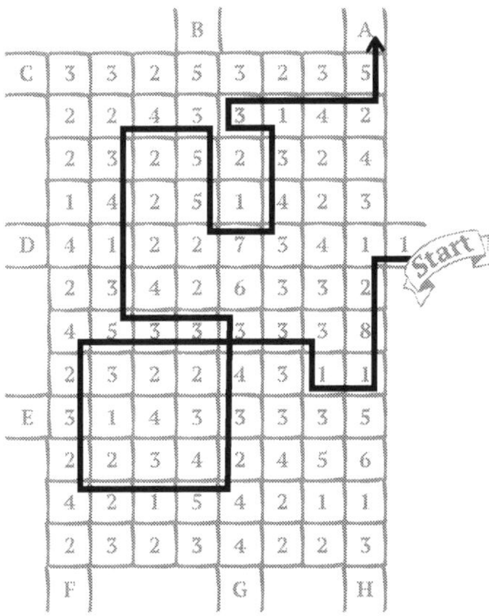

falsche Antwort

Tragt Eure verdienten Münzen ein und fahrt mit der Geschichte auf Seite 142 fort.

Hinweise

34. Das Schloss der Schmerzen

1 Die Schlüssel haben verschiedene Gemeinsamkeiten. Nur einer besitzt eine Eigenschaft, die kein anderer Schlüssel hat. Dieser wird gesucht.

2 Die Anzahl der Kanten und Ecken spielt keine Rolle.

3 Es ist die Symmetrie, auf die Ihr achten solltet.

Kehrt zum Rätsel auf Seite 142 zurück.

falsche Antwort

Lösung

34. Das Schloss der Schmerzen

Schlüssel C öffnet die Tür. Es wird nach einem Schlüssel gesucht, der nicht zu den anderen passen mag. Dies trifft auf Schlüssel C zu. Als einziger ist er an der vertikalen Mittelachse nicht gespiegelt.

falsche Antwort

Tragt Eure verdienten Münzen ein und fahrt mit der Geschichte auf Seite 144 fort.

Hinweise

35. Das Arbeitszimmer des Teufels

1 Behaltet gut die Übersicht darüber, welcher Ring einen anderen umschließt. Es ist nicht Ring G.

2 D und F bilden den Anfang und das Ende der Kette.

3 Der gesuchte Ring ist nur mit einem anderen Ring verbunden.

Kehrt zum Rätsel auf Seite 144 zurück.

Lösung

35. Das Arbeitszimmer des Teufels

Ihr müsst Ring H aufbrechen, damit sich das Wirrwarr auflöst und eine Kette bildet. D und F sind der Anfang und das Ende der Kette.

Tragt Eure verdienten Münzen ein und fahrt mit der Geschichte auf Seite 146 fort.

richtige Antwort – blättert auf Seite 90 und notiert Euch die erspielten Münzen.

Hinweise

36. Das wundersame Schlafgemach

1 Ihr müsst die Buchstaben verbinden, damit Ziffern sichtbar werden. Es geht nicht um die Reihenfolge im deutschen Alphabet.

2 Die alten Griechen nannten ihre Zahlen Alpha, Beta, Gamma, Delta ... Verbindet zunächst die Anfangsbuchstaben der griechischen Zahlenwerte bis Epsilon (der 5. Zahl der Griechen) – also A, B, G, D, E.

3 Die Reihenfolge der Preußen soll die Zahl Fünf bilden. Verbindet die Buchstaben, die zusammen das Wort ergeben. Ihr müsst einen Buchstaben verwenden, den ihr zuvor schon für die Ziffer der Griechen verwendet habt. Die drei restlichen Buchstaben stellen römische Ziffern dar.

Kehrt zum Rätsel auf Seite 146 zurück.

falsche Antwort

Lösung

36. Das wundersame Schlafgemach

Der gesuchte Code lautet 407. Ihr erhaltet ihn, wenn Ihr die Zeichen wie folgt verbindet:

A(lpha), B(eta), G(amma), D(eltda), E(psilon) stehen für das griechische Zahlenalphabet. Diese Buchstaben werden als Erstes verbunden.

Die Fünf der Preußen ergibt sich, indem Ihr die Buchstaben F, U, E, N und F verbindet.

Zum Schluss müssen die römischen Zahlen, welche Buchstaben sind, in der Reihenfolge I, V und X verbunden werden.

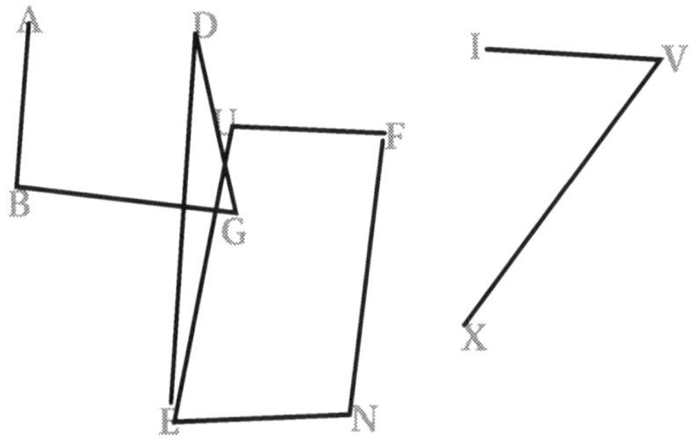

Tragt Eure verdienten Münzen ein und fahrt mit der Geschichte auf Seite 148 fort.

falsche Antwort

Hinweise

37. Die Chroniken der Finsternis

1 Gesucht wird das Quadrat, das den Anfang eines Weges zeigt. Beginnend ab diesem Quadrat zeigen die Pfeile an, in welche Richtung der Weg bis zum nächsten Quadrat verläuft.

2 Wenn Ihr gar keine Idee habt, geht Quadrat für Quadrat durch. Nur eines kann der Anfang sein.

3 Der Weg geht über alle Quadrate. Keines wird ausgelassen.

Kehrt zum Rätsel auf Seite 148 zurück.

Lösung

37. Die Chroniken der Finsternis

Ihr müsst nur herausfinden, bei welchem Quadrat der Weg startet, sodass er durch alle anderen Quadrate verläuft. Der Anfang kann nur bei Quadrat 17 sein.

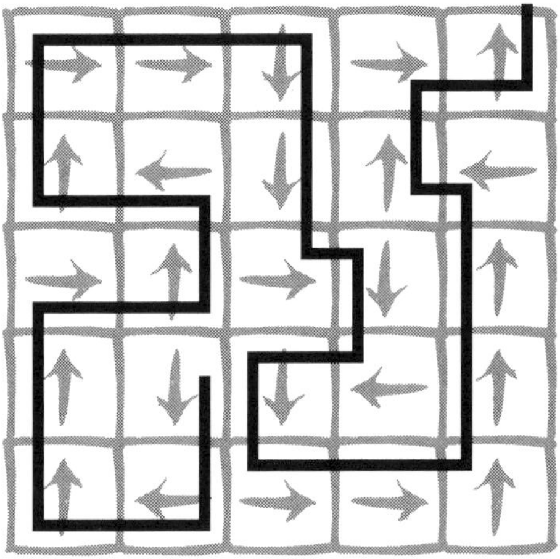

Tragt Eure verdienten Münzen ein und fahrt mit der Geschichte auf Seite 150 fort.

Hinweise

38. Der Weisheit letzter Schluss

1 Nahezu alle Hinweise, wer der Graf sein kann und wer nicht, habt Ihr in den Versen im Mausoleum erhalten. Wenn Ihr diese nicht mehr wisst, könnt Ihr sie auf Seite 112 nachlesen.

2 Beide Frauen könnt Ihr von der Liste der Verdächtigen streichen, schließlich wird in den Versen von einem »Er« gesprochen.

3 Fast jede Person hat ein Merkmal, dass nicht zum Grafen passt. Erkennt es und Ihr könnt die jeweilige Person ausschließen.

Kehrt zum Rätsel auf Seite 150 zurück.

Lösung

38. Der Weisheit letzter Schluss

Der echte Graf Dracula ist Lord Ruthven. Alle anderen Personen kennzeichnet ein Merkmal, das nicht auf den Grafen hindeutet.

Monsieur Maupassant: Ihr habt ihn auf der Zugfahrt bei Tageslicht getroffen. Die Sonne macht ihm also nichts aus.

Zofia Piłsudski: In den Versen des Mausoleums wird von einem »Er« gesprochen. Eine Frau kann es also nicht sein.

Frau von Aarenberg: Nicht nur, dass sie eine Frau ist, auch das Kreuz ist ein Symbol, das den Grafen verschreckt.

Herr von Aarenberg: Er hatte das Kreuzmedaillon seiner Frau berührt. Eine Tat, die der echte Graf nie gewagt hätte.

Ivan Dragutin: Er hat einen Finger an der Hand weniger. Ihr wisst aber, dass keine Waffe den Grafen verletzen und solch eine Wunde zufügen kann.

Signor Pasolini: Er ist braun gebrannt und hat damit wohl viel Zeit in der Sonne verbracht.

Tragt Eure verdienten Münzen ein und fahrt mit der Geschichte auf Seite 152 fort.

falsche Antwort

Hinweise

39. Der einzige Ausweg

1

Wie Ihr wisst, kann keine irdische Waffe dem Grafen etwas anhaben. Das Einzige, das er zutiefst fürchtet, ist Sonnenlicht. Ärgerlich, dass noch immer tiefste Nacht herrscht.

2

Bis zum Morgengrauen zu warten und dann die Vorhänge zu öffnen, ist keine gute Idee. Ihr müsst schnell handeln, bevor der Graf Euch angreift. Und dennoch solltet ihr die Vorhänge öffnen, aber warum?

3

Habt Ihr Euch noch nie gefragt, warum der Mond eigentlich leuchtet?

Kehrt zum Rätsel auf Seite 152 zurück.

Lösung

39. Der einzige Ausweg

Da es noch nachts ist, wird die Sonne nicht am Himmel stehen. Ihr solltet dennoch die Vorhänge öffnen. Auch das Mondlicht wird den Grafen schwächen. Genau genommen, handelt es sich nicht um Licht des Mondes, sondern um das der Sonne. Der Mond reflektiert das Licht der Sonne. Also besteht das Mondlicht aus Sonnenstrahlen.

Tragt Eure verdienten Münzen ein und fahrt mit der Geschichte auf Seite 154 fort.

richtige Antwort – blättert auf Seite 84 und notiert Euch die erspielten Münzen.

Hinweise

40. Die gehetzte Flucht

1. Die Lösung hat nichts mit der Anzahl der Quadrate zu tun und auch ihre Platzierung ist von geringer Bedeutung.

2. Das gesuchte Symbol versteckt sich als Wort in den Quadraten.

3. Haltet die Karte sehr flach und blickt seitlich darauf, als würdet Ihr ein langgestrecktes Wort darauf lesen.

Kehrt zum Rätsel auf Seite 154 zurück.

Lösung

40. Die gehetzte Flucht

Der gesuchte Ausgang ist das Schaf-Symbol. Tatsächlich befindet sich das Wort »Schaf« auf der Karte. Wenn Ihr diese flach haltet und seitlich betrachtet, könnt Ihr das Wort darin lesen.

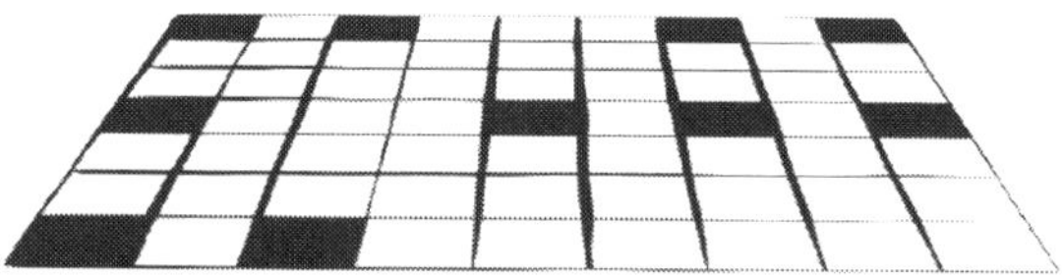

Tragt Eure verdienten Münzen ein und fahrt mit der Geschichte auf Seite 156 fort.

Abschluss

Epilog

Ihr sitzt im Zug nach Budapest. Es war die erste Verbindung, die von Bistritz abfuhr. Ihr wollt nur noch weg von hier. Weg von Siebenbürgen, weg von den Einwohnern des Landes.

Erschöpft und doch nicht müde genug, um Schlaf zu finden, versucht Ihr das Erlebte zu verarbeiten. Knapp sechzehn Stunden sind seit der Flucht aus der Burg verstrichen.

Von den anderen habt Ihr Euch am Bahnhof getrennt. Sie halten die Vorfälle noch immer für einen Mord unter seltsamen Umständen und ein schweres Erdbeben. Was Graf Dracula war und welche Geheimnisse er verbarg, habt Ihr für Euch behalten. Die anderen hätten Euch sonst bestimmt des Wahnsinns beschuldigt.

Wie Ihr nun aus dem Fenster starrt, um durch die vorbeirasenden Büsche etwas Ablenkung zu erhalten, bemerkt Ihr ein Knirschen in Eurer Hosentasche. Ihr fasst in die Tasche und ein Säcklein kommt zum Vorschein. Wie und wann ist es da hineingekommen? Ihr öffnet es. Zu Eurer Verwunderung befinden sich darin zahlreiche Münzen, eine Urkunde und ein Brief.

Mein sehr verehrter Herr van Helsing,

ich bedanke mich vornehmst für den Abend. Auch wenn der Verlauf anders als geplant ablief und zu einem abrupten Ende führte, bin ich für Euer Kommen dankbar.

Euer Auffassungsvermögen hat mich beeindruckt. Bitte nehmt als Dank, wie in der Einladung versprochen, dieses kleine Geschenk an. Möge es Euch und Eurer Familie weiterhelfen.

Voller Ehrfurcht

Graf Dracula

Abschlussnote

Herzlichen Glückwunsch. Ihr habt das Abenteuer abgeschlossen und seid dem Grafen entkommen.

Jetzt stellt sich noch die Frage, ob Euer Vorhaben gelungen ist, genug Münzen für die Medizin Eures Sohnes zu sammeln. Notiert Euch, wie viele Münzen Ihr in den einzelnen Kapiteln sammeln konntet und berechnet daraus die Gesamtsumme an Münzen.

Zwischensumme Rätsel 1 bis 10
(Seite 30)

Zwischensumme Rätsel 11 bis 20
(Seite 72)

Zwischensumme Rätsel 21 bis 30
(Seite 114)

Zwischensumme Rätsel 31 bis 40
(Seite 156)

Gesamtsumme

Euren Rang erhaltet Ihr auf den nächsten Seiten.

Junker

weniger als 40 Münzen

Als großen Erfolg kann man Euer Unterfangen wahrlich nicht bezeichnen. Ihr seid nur knapp den Fängen des Graf Dracula entkommen. Die Summe wird reichen, um Eurem Sohn zu helfen. Ein großes Vermögen ist es aber nicht.

Freiherr

40–80 Münzen

Die Herausforderung war nicht allzu einfach für Euch. Ihr habt sie aber bestanden und genug Münzen für Euren Sohn erhalten. Für zukünftige Abenteuer solltet Ihr Euch weiter in der Kunst des Rätselknackens üben.

Graf

81–120 Münzen

Der Graf hat sich nicht geirrt, als er Euch als einen der schlausten Köpfe des Kontinents eingeladen hat. Zwar habt Ihr hier und da mal etwas Hilfe gebraucht, im Großen und Ganzen konntet Ihr die Aufgaben aber lösen und genug Münzen für Euren Sohn sammeln.

121–160 Münzen

Baron

Ein sehr stattliches Ergebnis, auf das Ihr Stolz sein könnt. Sorgen um Eure Familie müsst Ihr Euch nun nicht länger machen. Ihr habt ein gutes Händchen für die Rätselkunst und die nächste Errungenschaft lässt vermutlich nicht lange auf sich warten.

mehr als 160 Münzen

Herzog

Der Graf hat in Euch einen ebenbürtigen Rivalen gefunden. Ihr seid ein wahrer Meister der Rätselkunst und jeder Herausforderung gewachsen. Mit Bravour habt Ihr die Aufgaben gelöst. Lasst Euch beglückwünschen.

Schneidet die Urkunde aus dem Buch und tragt Euren Namen, erspielten Rang und Münzen ein.

(Auf der Rückseite findet Ihr die Urkunde mit weiblicher Anrede.)

Habt Ihr die Rätsel als Gruppe gelöst, könnt Ihr weitere Urkunden unter ***nucleo-verlag.de/dracula-urkunde*** herunterladen und ausdrucken.

Urkunde

Hiermit hebe ich
den Gelehrten

____

in den Adelsstand mit dem
zugewiesenen Rang

____

Der Gelehrte hat erfolgreich meine
Aufgaben gemeistert und dabei

____

von 200 Münzen sammeln können.

Graf Dracula

Urkunde

Hiermit hebe ich
die Gelehrte

____

in den Adelsstand mit dem
zugewiesenen Rang

____

Die Gelehrte hat erfolgreich meine
Aufgaben gemeistert und dabei

____

von 200 Münzen sammeln können.

Graf Dracula

Das letzte Rätsel

Ihr habt alle Aufgaben des Grafen gelöst. Doch ein Geheimnis versteckt sich noch zwischen den Seiten. Wer war der falsche Graf wirklich und warum wurde er vom echten Graf Dracula ermordet und nicht ausgesaugt?

Die Antwort erfahrt Ihr, wenn Ihr folgendes Rätsel löst:

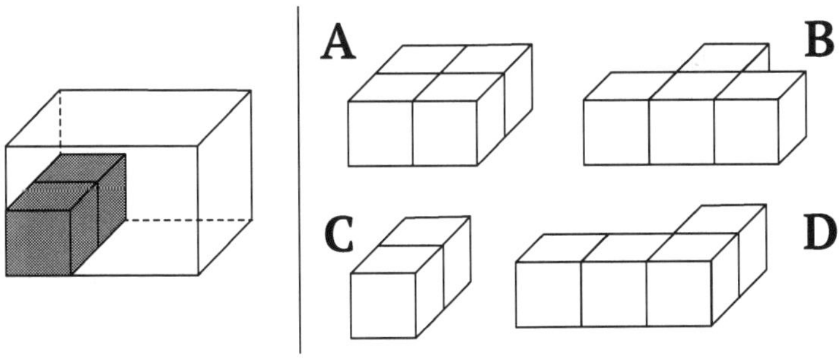

Drei Bausteine passen in die Box, sodass sie komplett ausgefüllt ist. Doch einer passt nicht. Welcher ist es?

Wenn Ihr meint, die Lösung zu kennen (Hinweise gibt es diesmal keine), gebt sie unter *nucleo-verlag.de/dracula* ein.

Wenn Ihr richtig liegt, wird Euch das letzte Geheimnis offenbart.

Printed in Poland
by Amazon Fulfillment
Poland Sp. z o.o., Wrocław

41237963R00106